신바람 글쓰기

논술의 기초를 확실히 다지는 초등 학생 글쓰기 실기 훈련 프로그램입니다.

이경자 · 이동렬 함께 지음

4 중급

높은반 용

6권 중 제4권

논술 준비를 위한

설명문과 논설문 쓰기

내 아이를 선생님처럼 가르칠 수 있는

학생 지도 방향

책 속의 책

해설 · 해답집

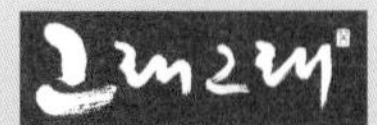

이 책의 구성과 특징

신바람 글쓰기는 논술의 기초를 확실하게 다지는
초등 학생 글쓰기 실기 훈련 프로그램입니다.
총 6권으로 구성된 이 실기 훈련 프로그램은 초등 학교 쓰기 책 12권과
새로 추가된 논술 학습 과정에 맞추어 어린이의 논리적 상상력과
언어적 표현력 향상에 최우선 목표를 두고 있습니다.

1. 논술의 기초를 확실하게 다지는 실기 훈련

- 논술도 엄밀하게 따져 보면 낱말과 낱말을 연결하여 문장을 만들고 문장과 문장을 연결하여 나의 생각과 주장을 상대방에게 전달하는 글 쓰기입니다. 이런 글 쓰기를 위해서는 ▷ 낱말을 바르게 적는 법, ▷ 문장을 만드는 법, ▷ 문장을 치장하는 부호를 바르게 사용하는 법부터 확실하게 익혀야 생각의 단위를 나타내는 문단을 만들 수 있습니다.
- 이 책에서는 이런 기초 다지기를 위해 초등 학교 1학년부터 6학년까지 배우는 ▷ 문장 부호 사용법, ▷ 원고지 쓰는 법, ▷ 문장 만들기, ▷ 일기쓰기, ▷ 동시쓰기, ▷ 생활문쓰기, ▷ 보고문쓰기, ▷기록문쓰기, ▷기행문쓰기, ▷독서 감상문 쓰기, ▷독서 기록 카드 쓰기 등 초등 학교 쓰기 교육 과정에서 꼭 이수하고 넘어가야 할 글 쓰기 실기 훈련 프로그램을 초급 · 중급 · 고급 과정으로 나누어 심화 학습과 반복 학습을 하며 논설문을 쓰기 위한 기초 다지기 과정을 확실하게 마치도록 구성했습니다.

2. 청소년기 독서 생활과 논설문쓰기

- 논설문쓰기는 한 마디로 말해서 지적이고 논리적인 글 쓰기입니다. 이런 논리적인 글 쓰기를 위해서는 우선 논설문을 잘 쓰는 다른 사람의 글과 나와 다른 생각을 가진 사람이 써놓은 글부터 읽어서 정확하게 내용을 파악하고 주요 핵심을 찾아낼 줄 아는 독서 생활이 선행되어야 합니다.
- 이 책에서는 이런 독서 생활을 위해 청소년기에 읽어야 할 본보기 글과 예문을 국내 작가들의 순수 창작물과 전래동화, 위인전 등에서 인용하여 폭넓게 수록했으며, 읽은 뒤에는 자기 생각을 덧붙여 상대방의 글을 비판할 수 있는 과정을 단원마다 수록해 심화 학습이 가능하도록 했습니다.

3. 교육 과정 개정과 논술 학습

- 교육 과정 개정으로 초등 학교 교육 목표는 논리적 추리력과 사고력을 지닌 인간형 육성에 큰 비중을 두고 있습니다. 앞으로는 녹음기처럼 학습 과목을 달달 외우는 학생보다 논리적 추리력과 상상력이 담긴 글 한 편을 잘 쓰는 어린이가 상급 학교 진학과 사회 진출에서 성공하도록 초 · 중 · 고 교육의 전반적 방향과 목표가 종전과는 많이 바뀌고 있습니다.
- 이 책은 이런 교육 과정 개정에 맞추어 ▷ 글 쓰기와 논술의 기초, ▷ 설명문, ▷ 기록문, ▷ 보고문, ▷ 마인드 맵으로 논설문 쓰기 등을 통해 초등 학생들이 논리적 추리력과 상상력을 키울 수 있도록 단원마다 반복 훈련과 심화 학습을 통해 논술 학습 능력을 키우도록 했습니다.

4. 선행 학습과 국어 능력 심화 학습

- 초등 학교 어린이 교육에서 어느 과목을 다른 학생보다 한 며칠이나 몇 주 먼저 배우는 〈선행 학습〉은 엄청남 결과를 불러옵니다. 또 그렇게 배운 선행 학습 내용을 완전히 내 것이 되게 〈심화시키는 학습〉은 학습의 성취도 면에서 엄청난 결과를 낳습니다.
- 이 책은 초·중·고 학생들이 논설문을 쓰는데 필요한 글 쓰기 전문 지식과 과정별 실기 훈련 과정이 국내 어느 글 쓰기 책보다 과학적으로 잘 짜여 있습니다. 또 심화 학습 과정을 통해 글 쓰기 전문 지식을 한 번 내 것으로 만들어 놓으면 초·중·고교는 물론 대학에 가서도 부족함이 없을 정도로 초·중·고급으로 나누어 쉽게 설명되어 있습니다.

5. 논술 학습 성공과 상급 학교 진학

- 논리적 추리력과 상상력이 담긴 어린이의 글 한 편이 상급 학교 진학은 물론 한 청소년의 사회 진출과 성공을 결정하는 시대가 우리 앞에 다가와 있습니다. 상급 학교 진학을 지도하는 교육 기관에서는 벌써부터 "논술이 희망이고 미래다."라는 말까지 하고 있습니다.
- 이 책은 이런 일선 교육 기관의 요구와 바램을 충족시켜 줄 수 있게 글 쓰기와 논술 학습의 성공을 위한 효율적 실기 훈련 과정을 크게는 초·중·고급으로 나누고 다시 낮은반과 높은반으로 나누어 여섯 권에 골고루 실었습니다. 그러므로 이 책 여섯 권을 떼고 나면 논술의 기초 다지기는 물론 평생의 어문 생활도 성공할 수 있습니다.

6. 선생님과 학부모를 위한 해설·해답

- 초등 학생들의 글 쓰기 교육이나 논술 학습은 어떤 선생님과 학부모님을 만나 어떻게 지도를 받느냐에 따라 그 결과는 판이하게 달라집니다. 결국 학습 분위기가 잘 갖춰진 가정에서 태어난 어린이가 글 쓰기와 논술 학습에서도 단연 두각을 나타내게 되어 있습니다.
- 이런 학습 분위기를 갖추기 위해서는 학교나 학원은 물론 학부모도 절반은 논술 학습을 지도 할 수 있는 선생님 수준으로 교육되어 있어야만 자기 자식을 효율적으로 지도할 수 있습니다.
- 이 책은 이런 문제를 해결하기 위해 〈책 속의 책〉으로 만든 〈학생 지도 방향과 해설·해답집〉을 책 끝에 수록했습니다. 글 쓰기에 기초 지식이 없는 학부모님과 학원 지도강사 님도 이 학생 지도 방향과 해설·해답집을 보면 초등 학생들의 글 쓰기와 논술 학습의 교육 목표가 바로 이해되며 자신감을 가질 수 있도록 구성했습니다.

7. 전문가 그룹의 집필진

- 이 책을 지으신 이경자 선생님과 이동렬 교수님은 초등 학교 교사, 교육 전문지 기자, 문화 센터 글쓰기 지도강사, 아동문학 작가, 대학 교수 등으로 오랜 기간 학생 글 쓰기 지도에 심혈을 기울여 오신 전문가 그룹의 집필진이십니다.
- 또 표지와 본문에 그림을 그려 주신 채윤남 화백과 조희정 선생님, 그리고 이 책을 기획하고 본문의 매 쪽마다 교육적 효과를 살리기 위해 〈지면 레이 아웃〉을 지도한 편집진 역시 국내 정상의 전문가 집단에서 오랜 기간 전문성을 인정받으며 일생을 살아오신 분들입니다.
- 이 책은 이런 다양한 경험과 전문성을 지닌 초등 학교 선생님, 아동문학 작가, 대학 교수, 소설가, 화가, 컴퓨터 그래픽 전문가 등이 팀을 이루어 여러 차례의 수정과 보완 작업을 거친 후 펴낸 최종 결정판입니다. 그러므로 이 책으로 글 쓰기와 논술 학습을 준비한 학생은 반드시 성공의 결실을 거둘 것입니다.

차례

차례

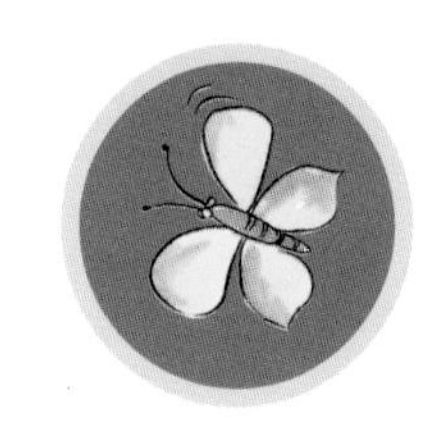

지도하시는 선생님과 학부모님께

요즘 들어 글쓰(짓)기에 대한 관심이 부쩍 늘었습니다. 이는 초등 학교에서 시험 보는 횟수가 차츰 줄어들고 서술형 문제가 많이 출제되기 때문이며, 중·고등 학교에서도 주관식 문제나 논술형 문제로 시험을 치르는 영향이지요. 그리고 무엇보다 큰 이유는 대학 입시에서 논술 고사를 보는 학교가 많아져서 그렇지요.

그런데 글이 말하는 것처럼 술술 써질 수는 없을까요? 이것은 누구나 이루어졌으면 하는 바람이지요. 그러나 바란다고 뜻대로 되는 것은 아니니 그저 꾸준히 연습하는 수밖에요.

하지만 글의 종류가 많고 짜임도 글의 종류에 따라 복잡해 무조건 연습만 한다고 금세 효과를 보는 것은 아니랍니다. 이 책은 그런 걱정을 덜고자 두 사람이 교직 생활, 교육 전문지 기자 생활, 여러 문화 센터 지도 강사 생활의 경험을 바탕으로 지루한 이론 위주에서 벗어나 연습 문제 중심으로 엮었습니다. 책을 꾸밀 때 초등 학교 '쓰기' 책 12권을 모두 분석하여 꼭 필요한 내용들만 활용하여 엮었고, 그 후 교육 과정 개정 때마다 바뀌는 내용들을 추가로 보충하여 왔습니다.

그렇기 때문에 현장에서 지도하시는 선생님과 학부모님들이 이 책으로 학생들을 단계별로 지도하면 자기도 모르게 전문가가 될 수 있을 것입니다. 또한 어린이 혼자 스스로도 재미있게 글쓰기 공부를 해나가기도 한결 쉬울 것입니다.

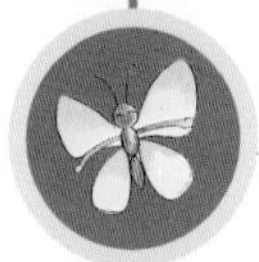

많은 참고 바랍니다.

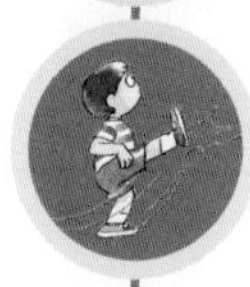

2005년 겨울에

지은이 이 동 렬 씀

9월의 주제

초가을

〈제1과〉

초가을에 보고 느낄 수 있는 것들로 동시와 생활문 쓰기

무덥던 여름이 지나고 어느덧 가을이 되었습니다. 가을에는 곡식과 과일이 무르익어 사람들의 기분을 풍족하게 만들지요. 또 단풍이 들어 계절의 변화를 실감하게 합니다. 그래서 사람들의 마음도 들뜨게 마련이지요.

여름에는 더위와 모기, 습도 등 우리를 괴롭히는 것이 많아 짜증이 나지만 가을에는 온도가 활동하기에 알맞기 때문에 글을 쓰고 책을 읽기에도 안성맞춤입니다.

가을에 대해서 그냥 글을 쓰라고 하면 어린이들은 거의 모두가 어른한테 들어왔거나 텔레비전 등에서 보아 온 것들을 상투적으로 늘어놓는 글을 씁니다. 이는 죽은 글이지요. 아무런 감동도 없고 실감이 나지 않는 글이라는 말입니다.

그렇기 때문에 글을 쓸 때는 자기가 직접 경험한 것을 자세하게 쓰는 게 좋습니다. 그러면 저절로 실감이 나고, 실감이 나다 보면 읽는 이가 자기도 모르게 얼른 주인공이 되어 감동을 받게 되지요. 이런 글이 산 글입니다.

산 글을 쓰기 위해서는 글 쓸거리를 하나 하나씩 메모하는 게 좋습니다. 이는 동시와 생활문 모두에 해당되지요.

그럼 우리 친구들은 가을에 어떤 생각을 하고, 어떤 것들을 관찰해서 실감나는 글을 썼나 한번 살펴보기로 할까요?

이번에는 시골 아이들이 자기가 생활하는 고장에서 직접 눈으로 보고 느낀 것을 동시로 쓴 작품들을 살펴보기로 할까요.

아래 동시를 읽고 각 연의 중심 내용을 추려서 써 봅시다.

1연 :

2연 :

3연 :

4연 :

5연 :

6연 :

초가을

경남 거창군 거창초등학교
제4학년 김범수

〈1연〉
무더운 여름 지나가고
가을이 다가왔다.

〈2연〉
사과가 제일 먼저
"안녕!" 하며 얼굴을 붉히고

〈3연〉
고추도 꽈리도
"안녕!" 하고 얼굴을 붉힌다.

〈4연〉
은행잎은 인사를 할까말까 망설이다가
창백한 얼굴로 인사를 한다.

〈5연〉
하지만 소나무는
인사를 안 한다.

〈6연〉
가을도 "안녕!" 하며
인사를 한다.

가을을 노래한 동시 감상

공부한 날	
월	일

잠깐만! 도우미

경험을 쓰는 것도 중요하지만 상상의 나래도 펼쳐 보기를

어린이들은 대개 생활문을 쓸 때 자기 경험을 주로 씁니다. 경험을 쓰는 것은 자기가 실제로 겪었던 일이므로 그만큼 쓰기가 쉽습니다. 하지만 우리가 살아가면서 어떤 사물이나 사건, 현상을 보고 이런저런 상상을 해 볼 때도 있습니다. 이런 상상을 했던 것을 글로 옮겨 놓아도 재미있습니다. 그럼, 우리 친구들은 '가을'에 대해서 어떤 상상을 하고 있나 한번 살펴볼까요?

가을의 생일 파티

인천 학익 초등 학교
3학년 손준영

가을의 생일날
나무와 꽃이
초대를 받았어요.

나무는 곱게
단풍잎을 들고,
꽃은 꿀을 가득 담아
가을에게 주었어요.

가을을 주제로 한 동시 쓰기

공부한 날
월 일

내가 〈가을〉을 떠올리며 생각한 것을 간단하게 적어 봅시다.

위에 떠올린 생각으로 동시를 한 편 아래 빈칸에다 지어 봅시다.(이 때 동시가 너무 길면 좋지 않습니다.)

이렇게 상상하거나 펼친 생각을 동시로만 짓는 것은 아닙니다. 그 내용을 긴 글로도 쓸 수 있습니다. 이런 종류의 글을 어른들은 '수필' 이나 '수상' 이라고 표현하지요. 그럼 우리 친구가 쓴 긴 글을 읽어보기로 할까요.

가을

인천 한길 초등 학교
제4학년 3반 권지현

가을은 내가 제일 좋아하는 계절이다. 덥지도 춥지도 않고 평화롭기만 하다. 하지만 현재 초가을에는 여름 기운이 아직 남아 있다. 그래서 초가을에도 바닷가를 찾는 사람들이 많이 있다.

가을산 풍경의 아름다움은 이루 말할 수가 없다. 붉게 물든 단풍잎, 노란 은행잎, 차르르 차르르 떨어지는 낙엽 등 가을 산의 풍경은 어디 하나 손색이 없다. 하지만 딱 하나 불편한 점이 있다면 사람들은 뜰에 떨어진 낙엽을 치우느라 정신이 없을 것이다. 나는 다른 사람에게 여름 기운이 사라지면 가을 산으로 놀러가 보라고 권유하고 싶다.

이렇듯 각 계절에 따라 하고 싶은 일이 참 다양해진다. 엄마께서는 사계절 중에서 가을이 제일 좋다고 하셨다. 내 생각에도 가을이 관광하기에 제일 좋은 계절인 것 같다. 가을이 되면 은행잎이 노랗게, 단풍잎은 빨갛게 변한다. 그 파랗던 잎이 그렇게 변한다는 게 참 신기하기만 하다. 아무리 이해를 하려고 해도 알 수가 없다. 초라하던 단풍나무와 은행나무가 멋

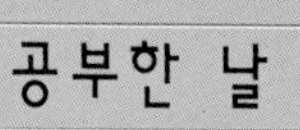

지게 변신할 수 있다는 듯이 말이다.

가을은 수확의 계절이다. 올해에는 꼭 풍년이 들었으면 좋겠는데 홍수 때문에 농사를 망친 사람들도 있다. 그래도 곡식들이 잘 익은 것을 보니 아무래도 올해에는 맛있는 쌀밥을 먹을 수 있을 것 같다.

내 동생도 생일이 가을인데 조금만 있으면 곧 돌이다. 게다가 여러 가지 과일들도 많이 열리고, 풍경이 참 멋지다. 가을은 곡식과 풍요의 계절인가 보다. 또 행운을 가져다 주는 계절인 것 같다.

그리고 가을은 독서의 계절이기도 하다. 책은 마음을 살찌우는 마음의 양식이다. 책을 읽으면 지식이 점점 쌓여져 간다. 게다가 시원한 계절인 가을에는 책을 읽기 좋다. 또 가을은 가장 평화로운 계절이기 때문에 '독서의 계절' 이란 말이 생겨났는지도 모르겠다.

이렇듯 가을은 참 아름답고 풍요로운 계절이다. 가을이 우리에게 언제나 행운을 가져다 주었으면…….

잠깐만! 도우미

우리가 생활문을 주로 써 왔기 때문에 사건 위주로만 글을 쓰기가 쉬웁니다. 하지만 이처럼 어떤 사물이나 사건, 풍경, 자연 현상 등을 보고 자기 생각이나 느낌을 한 편의 글로 옮겨 놓을 수도 있습니다. 그 글을 짧게 쓰면서 어떤 리듬에 맞췄을 때는 동시가 됩니다.

이 어린이는 4학년의 어린 나이에도 자기 생각을 잘 썼습니다. 그래서 이제껏 보던 글과는 아주 색다른 글이 되었습니다. 그만큼 글쓰기를 좋아하고 많이 했다는 증거입니다.

좀더 욕심을 낸다면 글의 내용이 단락에 따라 자기가 쓰고자 하는 내용을 딱딱 떨어지게 구분해서 써야겠다는 것입니다. 그렇게 하기 위해서는 쓰기 전에 단락별로 쓸 내용을 가지고 얼개를 짜서 분량을 조절하며 쓰는 습관을 가져야 합니다.

가을에 대해 생각한 내용으로 얼개 짜기

공부한 날
월 일

〈가을〉에 대해 자기가 생각한 내용을 가지고 얼개를 짜고, 그 얼개에 따라 원고지 7~8장 분량의 긴 글을 써 봅시다.

제목 :

앞 부분

①

②

③

가운데 부분

①

②

③

④

끝 부분

①

②

③

얼개도 따라 긴 글 쓰기 실습

공부한 날
월 일

얼개도 따라 긴 글 쓰기 실습

공부한 날
월　일

일기도 따라 긴 글 쓰기 실습

공부한 날
월 일

얼개도 따라 긴 글 쓰기 실습

공부한 날
월 일

자기가 본 것을 글로 표현하기

가을이 되면 어린이들도 가족이나 학교, 문화 센터, 여러 단체에서 견문을 넓히기 위해 밖으로 나가는 경우가 많습니다.

이 때 새로운 경치나 풍물에 감탄만 하고 집에 와서 글을 쓰려면 생각했던 것이 흐려져 생각이 잘 나지 않는 경우가 많습니다. 그래서 그때마다 느낌이나 생각한 것을 메모 노트에 간단하게 적는 습관을 가져야 합니다.

이 어린이도 가을 들판에 나갔다가 벼가 누렇게 익어서 고개를 숙이고 있는 모양을 보고 다음과 같은 것들을 메모해 가지고 왔습니다.

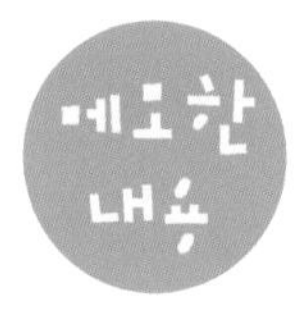

- 벼는 아기 때 개구쟁이였나 보다.
- 이유는 늙을수록 고개를 숙이는 것을 보니까.
- 벼는 착한 부자인가 보다.
- 잘 여문 낟알을 아무 미련없이 사람들에게 주니까.

위 내용을 보면 저학년다운 발상입니다.

이처럼 생각은 자기 수준에 맞게 하면 되는 것이지, 억지로 어른스러운 생각을 하려고 해서는 오히려 글이 죽은 글이 되기 쉽습니다.

아름다운 우리말 이야기

문 해 뜨기 전 동이 트면서 푸르스름하게 마치 부채살이 처지듯 환하게 온 세상을 비추는 햇살을 무엇이라고 부를까요?

답 해답은 120쪽에 있습니다.

자, 그럼 위에 메모한 내용을 가지고 동시를 지은 것을 한번 감상해 볼까요?

벼

인천 학익 초등 학교
3학년 나진혁

벼는 아기 때
개구쟁이였나 봐요.
늙을수록
고개를 숙이니까요.

벼는
착한 부자인가 봐요.
토실토실 살을 찌워
사람들에게 주니까요.

그럼 우리도 밖에서 본 것을 간단히 메모한 후에 동시를 공책에다 지어봅시다. 이 때 본 것은 어떤 것이라도 괜찮습니다.

공부한 날
월 일

이번에는 산문으로 쓴 글을 살펴보기로 할까요?

동구릉에 다녀와서

부천시 부일 초등 학교
제4학년 3반 김진영

지난 금요일에 난 LG 문화 센터 역사 기행에서 동구릉 및 왕들의 능에 다녀왔다.

처음에 조선 태조의 능인 건원릉에 갔다. 먼저 참도를 지나 정자각에 갔다. 정자각은 임금이 그 곳에서 제사를 지낸 곳이라고 한다.

건원릉을 보고 내려오는데 다람쥐가 보였다. 다람쥐를 쫓아가다가 보니 목릉이 있었다. 목릉을 구경한 뒤 현릉, 숭릉을 보고 동구릉에서 나왔다.

우리는 정자각이 중국집이랑 같다고 하며 중국집으로 가 점심을 먹자고 하여서 중국 음식으로 점심을 때웠다.

그 다음 중종의 셋째 부인이자, 얼마 전 여인천하에 나오는 문정왕후의 능인 태릉에 갔다. 가면서 다람쥐가 다른 다람쥐랑 도토리를 가지고 싸우는 모습을 보았다.

그 다음에 세조 임금의 능인 광릉에 갔다. 가는 길에 나는 차 안에서 잠을 자고 말았다. 많이 피곤했기 때문이다. 광릉은 나무가 많고 깨끗한 물이 길 양 옆으로 흘러내리는 게 참 경치가 좋아 기분이 상쾌했다. 그 때쯤 구름이 조금이나마 햇빛을 가려 줘서 참 시원하였다.

그리고 세조에 대한 이야기를 들은 후에 우리는 퀴즈 대회를 열었다. 상품은 과자였지만 비싼 과자라서 열심히 맞췄다. 결국 8문제에서 1문제를 맞춰서 과자를 탔다. 기분이 좋아서 막 웃었지만 졸려서 다시 자고 말았다. 거의 다 와서 깨어났다.

나는 그날에서야 벼가 익어서 머리를 숙인 가을 벌판이 아름답다는 것과 임금님들이 대단한 일들을 하셨다는 것을 알게 되었다.

난 오늘을 절대로 잊을 수 없을 것이다.

위 글을 읽고 어떤 순서로, 어디 어디를 구경했는지를 적어 봅시다.

건원릉 ➔

위 글에서 여러 왕릉 외에 지은이가 본 것들을 다 적어 봅시다.

〈제2과〉

설명문의 특징과 쓰는 순서

우리는 살아가면서 남에게 어떤 문제나 사물에 대하여 알기 쉽게 설명해 주는 글을 써야 할 때가 종종 있습니다. 이 때 쓰는 글을 설명문이라고 합니다. 이런 글이 우리 생활에서 많이 쓰이는 곳은 〈사람을 소개할 때, 약 설명서, 여러 물건의 사용법, 사건과 사물〉 등을 설명할 때, 관광 안내문 등등 헤아릴 수 없이 많습니다.

그럼 설명문의 특징과 짜임, 쓰는 순서에 대해서 알아볼까요?

잠깐만! 도우미

1. 설명문의 특징
   ① 무엇에 대하여 설명하는지 뚜렷함.
   ② 생각이나 느낌보다는 사실을 중심으로 썼음.
   ③ 글의 짜임이 단순하고 알기 쉽게 문단의 구분이 뚜렷함.
   ④ 알리는데 목적이 있기 때문에 설명하는 방법이 이치에 맞고 과학적임.
   ⑤ 표현이 분명함.

2. 글의 짜임

① 앞 부분 : 설명할 문제를 내세움.

② 중간 부분 : 자세하게 설명해 나감.
몇 가지로 나눠 조목조목 설명함.
어떤 보기를 들어 설명함.
결론과 관계를 생각하며 설명함.

③ 끝 부분 : 설명을 종합 정리함.

3. 설명문 쓰는 순서

① 글감을 정함.
② 자료를 모아 간추림.
③ 줄거리를 만듦.
④ 요점이 잘 나타나도록 씀.
⑤ 얼개에 따라 쉽고 짧은 문장으로 써 나감.
⑥ 다 쓴 글을 다시 읽으면서 다듬음.

아름다운 우리말 이야기

문 한여름에 햇볕이 쨍쨍 내리쬐다가 갑자기 하늘이 어두워지면서 잠깐 동안 오다가 금세 그치는 비를 무슨 비라고 부를까요?

답 해답은 120쪽에 있습니다.

설명문 쓰기 실습 ❶

공부한 날
월 일

그럼 실습을 해 볼까요? 〈우리 가족〉을 설명하려 한다면, 가족의 구성원과 그 사람마다 특징을 간단히 메모합니다. 그런 후에 설명문의 가운데 부분에다 한 사람씩 그 특징을 써 나가면 됩니다.

●●● 우리 가족의 구성

아빠 : ① 개인 용달 일을 하심.
② 나를 가장 좋아함.
③ 약주 드시고 밤늦게 오심.

엄마 : ① 종이 접기 하심.
② 새벽에 신문 배달 하심.
③ 집안 일, 맛있는 반찬 해주심.

오빠 : ① 중1임.
② 공부 잘해 인기 있음.
③ 숙제도 가르쳐 줌.
④ 과학을 좋아하고 잘함.

나 : ① 막둥이임.
② 그림 그리기를 제일 좋아해 만화가가 되는 게 희망임.
③ 가장 친한 친구는 수빈이임.

위 내용을 가지고 3학년 어린이가 생전 처음 쓴 설명문을 보기로 합시다.
서툴지만 그래도 설명문의 틀이 잡혀 있으니 설명문 쓰기가 성공했다고 하겠습니다.

아름다운 우리말 이야기

문 고등 학교나 중학교에 다니는 누나들이 두 가닥으로 갈라지게 땋아 늘인 머리를 무슨 머리하고 부를까요?

답 해답은 120쪽에 있습니다.

친구가 쓴 설명문 감상

공부한 날
월 일

보기 글

우리 가족

인천 신촌 초등 학교
제3학년 3반 이슬비

가족은 서로 핏줄을 나눈 사이로 소중한 사람들이다. 가족끼리는 서로 사랑하며 돕고 다른 사람들에게 대항하며 사는 사람들이다.

우리 가족은 아빠, 엄마, 오빠, 나, 이렇게 네 명이다. 우리 가족은 저녁을 많이 시켜먹거나 외식을 한다.

아빠는 아침마다 일을 하러 다니신다. 우리 아빠가 하시는 일은 '개인 용달' 이다. 개인 용달은 물건을 배달하는 일이다.

또 아빠는 나를 가장 좋아하신다. 그런데 아빠는 술을 마셔서 밤늦게 돌아와서는 잠도 안 잔다.

엄마는 예전에는 종이 접기를 하셨다. 그래서 우리 엄마는 종이 접기를 잘하신다. 그리고 엄마는 새벽 2신가 3시마다 신문 배달을 하신다. 그래서 엄마는 몇 시간밖에 못 주무신다.

우리 엄마는 집에서는 집안 일을 잘 하신다. 매일매일 맛이 있는 반찬을 해주신다.

오빠는 지금 부평 서중 1학년이다. 우리 오빠는 공부를 잘한다. 학교에서는 인기도 많다.

오빠는 내가 모르는 문제가 있으면 가르쳐 준다. 또 숙제도 오빠가 가르쳐 준다.

오빠는 컴퓨터 하기를 좋아한다. 오빠가 제일 좋아하는 과목은 '과학' 이다. 오빠는 과학을 좋아해서 꼭 과학만은 만점을 맞는다.

나는 신촌 초등 학교에 다니는 3학년이다. 우리 가족 중에서 내가 제일 막내다. 나는 그림 그리기를 제일 좋아한다. 그래서 장래 희망은 '만화가' 다.

나에게는 가장 친한 친구 '수빈이' 가 있다.

우리 가족은 평범하면서도 참 행복한 가족이다.

설명문 쓰기 실습 ❷

공부한 날
월 일

앞의 보기 글 〈우리 가족〉을 자기 마음에 들게 고쳐 원고지에 옮겨 써 봅시다.

설명문 쓰기 실습 ❷

공부한 날
월 일

설명문 쓰기 실습 ❷

공부한 날
월 일

10월의 주제

여행

〈제1과〉

대화글 넣어 긴 글 쓰기

10월 둘째 토요일. 광혁이네는 경기도 양평군에 사는 외삼촌 댁에 들러서 같이 강원도로 여행을 떠났습니다. 원주에서부터 영동 고속 도로를 타고 가다가 장평 인터체인지에서 내려 봉평에 있는 소설 〈메밀꽃 필 무렵〉을 쓴 이효석 생가를 방문한 후에 월정사와 상원사를 구경했답니다. 그리고 주문진쪽으로 내려가다가 소금강 계곡을 구경하였습니다.

이날 여행하며 보고 느낀 것을 각자 글로 써 보았습니다. 한울이는 2학년이라 일기로 썼고, 4학년인 승환이는 동시로 썼습니다. 그리고 6학년인 솔빛나는 기행문으로 썼습니다. 다음은 한울이가 쓴 일기입니다.

2005년 10월 9일 일요일 맑음

여행

인천 단봉 초등 학교
2학년 2반 최한울

강원도 평창군 봉평에 오니 밭마다 이상한 하얀 꽃이 많이 피어 있었습니다.

아빠는 나한테 ① 메밀꽃을 아느냐고 물으셨습니다. 나는 ② 모른다고 했습니다. 그러자 아빠는 바로 우리 앞에 있는 큰 밭에 가득한 식물을 가리키면서 ③ 그게 바로 메밀

대화글 넣어 긴 글 쓰기

공부한 날
월 일

꽃이라고 하셨습니다. 메밀꽃은 안개꽃처럼 하얀 게 볼품이 없었습니다.

나는 아빠한테 메밀로 무얼 만드느냐고 물었더니, 아빠는 국수, 묵, 부침개 등 여러 가지 음식을 만들어 먹는다고 했습니다.

우리는 오대산에 있는 월정사와 상원사라는 절을 구경하고, 소금강 계곡을 구경했습니다. 참 아름다웠습니다.

위 일기는 대부분의 어린이들이 쓰는 일기와 마찬가지로 글에 대화글이 한 군데도 없어 재미가 없군요. 또 설명적으로만 써서 실감이 나지 않습니다. 일기를 쓸 때 제목을 꼭 붙여야 하는 것은 아니랍니다. 제목을 붙이는 것은 일기도 생활문의 일종이라 보고 한 가지 이야기만 자세히 쓰기 위해서지요. 그러나 일기글로만 보면 하루에 일어난 일을 여러 가지 써도 괜찮답니다.

그렇다면 어떻게 해야 이 글이 실감이 날까요?

잠깐만! 도우미

① 대화글을 넣어보세요.

어린이들이 쓴 일기에 대화글만 넣어도 글이 두 배 정도로 길어지면서 실감이 납니다. 그러면 읽는 이가 금세 글 속의 주인공이 된 듯이 아주 좋아하게 마련이지요.

위 글 중 밑줄 친 곳에 어울릴 것 같은 대화글을 써 봅시다. 그리고 앞의 최한울 학생이 쓴 일기에다 대화글을 넣어 다시 길게 써 봅시다.

❶ :

❷ :

❸ :

위 글에 대화글을 넣어 길게 써 본 글입니다. 여러 분이 쓴 글과 비교해 보세요.

강원도 평창군 봉평에 오니 밭마다 이상한 꽃이 많이 피어 있었습니다.

아빠는 나한테

“너, 메밀꽃을 아니?”

하고 물으셨습니다.

“아니오. 모르는데요. 메밀꽃이 어떤 꽃이어요?”

내가 아빠를 쳐다보면서 물었습니다. 그러자 아빠는

“우리 앞에 있는 이 밭 한가득 피어 있는 꽃들이 바로 메밀꽃이란다.”

라며, 큰 밭을 손가락으로 가리키셨습니다.

그런데 메밀꽃은 안개꽃처럼 하얀 게 볼품이 없었습니다.

“아빠, 메밀로 어떤 음식을 해 먹어요?”

라고, 내가 묻자, 아빠는

“메밀로 뭘 해 먹느냐고? 음…… 메밀로 음식을 해 먹는 것으로는 묵과 국수, 그리고 부침개 등을 해 먹지. 너, 메밀 막국수라는 말 들어 봤지 않니?”

하면서 나를 빤히 내려다보셨습니다.

우리는 오대산에 있는 월정사와 상원사라는 절을 구경하고, 소금강 계곡을 구경했습니다. 길고 깊은 골짜기로 맑은 물이 흐르는 게 참 아름답고, 어디서나 도시락을 먹고 싶었습니다.

〈제2과〉

중심말을 살려서 동시 다시 쓰기

승환이는 오대산 골짜기마다 붉게 물든 단풍을 바라보며 연방 감탄사를 내뿜었습니다. 온 골짜기가 마치 산불이 난 것처럼 울긋불긋한 단풍이 산비탈을 휘덮고 있었으니까요.

그런 산골짜기를 보자니 승환이는 저절로 시가 읊어졌습니다. 마치 자기가 유명한 시인처럼 말이어요. 다음은 승환이가 지은 동시입니다.

오대산 단풍

〈1연〉

강원도 오대산에는 불이 났습니다.
큰 산불이 났습니다.
온 산을 태우는 단풍불입니다.

〈2연〉

단풍불은 가을불입니다.
가을불은 산꼭대기서부터
골짜기로 내려 탑니다.

〈3연〉

단풍불은 월정사도, 상원사도
모두 다 탈 것 같습니다.
구경 온 사람들도 죄다 탈 것 같습니다.

〈4연〉

빨리 불자동차를 불러야겠습니다.
불끄는 헬리콥터를 불러야겠습니다.

중심말 찾아 동시 다시 쓰기

공부한 날
월 일

위 동시를 읽은 느낌이 어떠세요? 온 산에 단풍이 붉게 물든 것을 보고 가을 불이 났다고 표현한 것이 참 좋지요? 그리고 모든 불은 대개 아래서 위로 타는데 가을불은 산꼭대기서 아래로 내려탄다는 발견도 기발하지요? 또, 모든 것들이 다 탈 것 같으니까 빨리 불자동차를 불러야 한다는 생각도 저학년 발상 같지만 새롭지요.

그런데 좀 고쳤으면 하는 곳은 어디인가요? 문장이 너무 설명적으로 길지요? 그래요, 동시는 문장이 너무 길면 좋지 않답니다. 동시는 가장 적은 수의 낱말을 가지고 표현하고자 하는 것을 다 나타내는 게 좋습니다. 그렇다면 어떻게 고칠까요?

잠깐만! 도우미

① 〈……습니다 ……입니다.〉 같은 설명적인 말들을 과감하게 버려 보세요.
② 각 연마다 중심이 되는 낱말만 추리세요.
③ 그 중심 낱말을 사용하여 앞에 나타내고자 한 것들이 다 나타나게 다시 동시를 써 보세요.

각 연의 중심 낱말을 추린 후, 그 낱말을 이용해 동시를 다시 써 보세요.

- 1연의 중심말 :

- 2연의 중심말 :

- 3연의 중심말 :

- 4연의 중심말 :

주시말 찾아 동시 다시 쓰기 실습

공부한 날	
월	일

내가 다시 고쳐 쓴 동시

오대산 단풍

1연

2연

3연

4연

다음은 추린 중심 낱말을 가지고 이승환 어린이가 다시 쓴 동시입니다. 여러분이 쓴 동시와 비교해 봅시다.

오대산 단풍

경기도 양평군 양동초등학교 매월분교장
제4학년 이승환

오대산에 난 불
큰 산불.
온 산을 태우는 단풍불

단풍불은 가을불.
산꼭대기서부터
내려 타는 가을불.

월정사도 상원사도
모두 타겠네!
등산객도 죄다 타겠네!

빨리빨리
불자동차를 불러야 해요.
어서어서
헬리콥터를 불러야 해요.

〈제3과〉

여행 중에 친구에게 편지 쓰기

한울이네 일행은 소금강 계곡에서 하룻밤 민박을 한 후에 강릉, 안인진을 지나 정동진에 있는 모래시계 공원과 해돋이 공원을 찾아갔습니다. 그곳을 구경한 후, 동해시 어항을 거쳐 바로 백복령을 통해 태백산맥을 넘었습니다. 그런 다음 정선군 임계와 평창군 평창읍, 대화, 장평을 거쳐 영동 고속 도로를 타고 다시 집으로 왔습니다.

우리 나라의 등마루 격인 태백산맥 꼭대기에 올라왔을 때는 한눈에 동해가 훤히 내려다보이는 게 그렇게 좋을 수가 없었습니다. 일행이 고개의 휴게소 뒷마당에서 점심을 짓는 사이에 한울이는 같은 반 친구인 영미에게 편지를 썼습니다.

① 내 짝꿍 영미에게

②, ③ 영미야, 나는 한울이야.

나는 지금 외삼촌 댁 식구들과 백복령이라는 산고개에 와 있단다.

백봉령이 어디냐고?

이곳은 강원도 동해시에서 정선군으로 넘어가는 태백산맥 꼭대기래. 나도 잘 모르는데 아빠가 지도를 보면서 가르쳐 주셨거든. 우리는 여기 휴게소 뒷마당에서 동해시에서 사온 오징어로 가족 파티를 하고 있어.

너는 오늘 무엇을 하고 지내니? 나는 이렇게 여행을 하는데 말이야.

여행한 재미난 이야기는 내일 학교에서 만나서 해 줄게.

지금은 괜히 너한테 편지가 써 보고 싶어서 그냥 써 보는 거야.

그럼 낼 보자.

④, ⑤, ⑥ 네 친구 한울이가 썼다.

한울이는 언제 준비해 왔는지 편지 봉투까지 써서 밥풀로 봉하려고 했습니다. 그것을 아빠가 보시고는

"편지에 쓰는 내용도 너처럼 이렇게 성의 없이 쓰면 받는 사람에게 실례가 된단다. 편지는 서로 얼굴을 보지 않고 소식을 전하는 것이기 때문에 아무리 친한 사이라도 자기 인격이 담길 수 있도록 예의를 깍듯이 지켜야 한단다."

라고 따끔하게 주의를 주셨습니다.

한울이는 아빠 말씀을 듣고 오대산 단풍잎처럼 얼굴을 붉혔습니다.

잠깐만! 도우미

편지글의 짜임

처 음 : ① 받는 사람.
② 첫인사.

가운데 : ③ 하고 싶은 말.

끝 : ④ 끝인사 .
⑤ 쓴 날짜 .
⑥ 쓴 사람.

앞에 예로 든 한울이의 편지에는 편지글의 짜임 중 ②번의 첫인사와 ④번 끝인사, 그리고 ⑤번의 쓴 날짜가 빠져 있습니다. 이런 내용이 빠져도 편지글이 되기는 되지만 이왕이면 제대로 된 편지글이 되도록 성의껏 쓰는 게 좋지 않을까요?

편지글 쓰기 실습 ❶

공부한 날
월 일

위 짜임에 맞는 내용으로 앞에 든 편지를 다시 고쳐 써 보세요.

편지글 쓰기 실습 ❷

공부한 날	
월	일

위 짜임에 맞는 내용으로 다시 고쳐 쓴 친구의 편지와 내가 쓴 편지를 서로 견주어 보며 나의 잘 쓴 부분과 부족한 부분을 생각해 봅시다.

내 짝꿍 영미에게

영미야, 오늘도 재미있게 잘 지내고 있니?

나는 네 짝지 한울이인데, 지금은 강원도를 여행하고 있는 중이란다. 어제는 평창군 봉평에 있는 이효석 생가에 들러서 메밀꽃을 보았어.

그리고 오대산에 있는 월정사와 상원사를 구경한 후 소금강 계곡에서 민박을 했단다. 막내 외삼촌네 식구와 같이 밥을 지어 먹고 돈을 아낀다면서 한방에서 잤는데 글쎄 잠을 한 잠도 못 잤대는 거 아니니. 어른들이 어찌나 크게 코를 골아대는지 거짓말 보태서 탱크 지나가는 소리 같았단다. 그러니 내가 잘 수 있겠니? 아마 너 같아도 마찬가지였을 걸.

오대산은 절이 있는 골짜기마다 온통 단풍으로 물이 울긋불긋하게 들어 참 볼 만했단다. 그렇기는 소금강 계곡도 마찬가지였지.

오늘 아침에는 동해를 왼쪽으로 보면서 자동차로 강릉, 안인진, 정동진을 지나와 동해 어항을 구경했단다. 그런데 있잖니, 싱싱한 살은 오징어가 열 마리에 만 원인 거야.

그래서 반은 회로 뜨고, 반은 그냥 가지고 와서 이 산 꼭대기 휴게소에서 삶아 먹었는데 그 맛이 아휴, 말도 마! 둘이 먹다가 한 명이 죽어도 모를 정도야. 땅콩도 반쪽씩 나누어 먹는 우리 사이인데 나 혼자 먹자니 자꾸 네 생각이 나서 이 편지를 쓰고 있단다. 괜히 내가 약만 올린 것만 같구나. 미안해.

그럼 내일 만나서 자세한 이야기하고 내가 산 모래시계 선물도 줄게. 아참, 이 편지가 나보다 더 늦게 들어가겠구나. 후후훗……! 안녕!

2005년 10월 9일

태백산맥 등마루 백복령에서 친구 최한울 씀

11월의 주제

학예회

〈제1과〉

초대 편지 쓰기

11월이 되자 일 년 동안 배운 것을 학부모님들께 보여 주기 위한 학예회를 여는 학교가 많아졌습니다. 일 년을 마무리하려면 12월이 좋지만 그때는 추워지기 때문입니다. 이번 달에는 학예회에 관한 글들로 글쓰기 공부를 해보기로 하겠습니다.

초대 편지 쓰기

한솔이네 학교에서도 학예회를 하기로 했습니다. 한솔이네 반에서는 여러 학부모님들께 학급 어린이회 이름으로 초대장을 보내기로 학급 회의에서 정했습니다. 한솔이와 보라는 집에 오자마자 컴퓨터로 초대장을 써서 여러 장을 복사해 학교로 가져가 같은 반 아이들에게 나누어 주었습니다.

다음은 한솔이와 보라가 쓴 초대장입니다.

초대 편지

어머니와 아버지께

① 돌아오는 금요일에는 저희들이 여러 부모님들을 모시고 그동안 닦은 솜씨를 보여드리려고 합니다. 그러니 바쁘시더라도 꼭 오셔서 구경하시고 잘할 때는 많은 박수를 보내 주시기 바랍니다. 고맙습니다.

②, ③, ④
서울 큰별 초등 학교
3학년 2반
어린이회 드림

잠깐만! 도우미

1. 초대 편지에 꼭 써야 할 내용
   ① 초대하는 곳(장소).
   ② 초대하는 때(시간).

위 초대 편지의 ①번 부분에 인사말을 써 넣는 게 예의입니다. 그리고 ②번 자리에는 구경 갈 장소를 아주 정확하게 써야 합니다.

이 글에서처럼 학교인지 교실인지 확실히 알 수 없으면 안 됩니다.

또 ③번 자리에는 초대하는 날짜는 물론, 시간까지도 정확하게 밝혀야 하고, ④번 자리에는 초댓장을 쓴 날짜도 써야 합니다.

위 초대 편지를 고쳐 써 봅시다. 그런 후 선생님이 다시 쓴 것과 견주어 봅시다.

어머니 아버지께

가랑잎이 우수수 떨어지는 늦가을입니다.
어머니, 아버지 안녕하셔요?
저희들은 그동안 배운 여러 솜씨를 부모님들께
보여드리기 위해 다음과 같이 학예회를 갖기로 했습니다.
집안 일과 바깥 일로 바쁘시더라도 꼭 오셔서 구경하시고
잘 할 때는 박수 많이 보내 주세요.

때 : 2005년 11월 9일, 수요일
곳 : 큰별초등학교 강당

2005년 11월 1일

큰별초등학교 3학년 2반
어린이회 올림

잠깐 쉼터 15

역사상 가장 오랫동안 편지를 쓴 사람

역사상 가장 오랫동안 편지를 쓴 사람으로 기록되고 있는 영국의 국방상 홀링공은 아버지가 돌아가시자 어머니에게 매일 편지를 보냈는데 글쎄, 어머니가 돌아가실 때까지 35년간 15,000통의 편지를 써서 보냈다고 합니다. 어린이 여러분은 어떻게 생각하세요?

〈제2과〉

편지 봉투 쓰는 법

 **초대 편지를 다 쓰고 나면 이 초대 편지를 담아 부칠 편지 봉투를 준비해야 합니다. 다음은 보라가 쓴 편지 봉투입니다. 어디를 잘 못 썼나를 살펴봅시다.**

편지 봉투 쓰기

받는 사람
서울 특별시 종로구 신영동 35-12 푸른아파트 5동 105호
이강산(이보라 아버님) 귀하

우표

보내는 사람
서울 종로구 신영동 11-12
서울큰별초등학교 3학년 2반
학급 어린이회 드림

많은 어린이들이 편지 내용은 잘 쓰는 편인데 봉투 쓰기를 이처럼 잘 못하는 경우가 많습니다. 이는 편지를 실제로 부쳐보지 않았기 때문입니다.

편지 봉투 쓰기 실습

공부한 날
월 일

잠깐만! 도우미

1. 편지 봉투 쓰는 법

① 보내는 사람의 주소는 윗부분 왼쪽에,

② 받는 사람의 주소는 아래 부분 오른편에 씀.

③ 우편 번호를 꼭 쓰고,

④ 주소는 정확하게 써야 합니다.

앞 쪽의 위 편지 봉투 주소를 진짜 편지 봉투에 바르게 고쳐 써 봅시다.
그런 다음 선생님이 고쳐 쓴 것과 견주어 봅시다

편지 봉투 쓰기

보내는 사람
서울 종로구 신영동 11-12
서울큰별초등학교 3학년 2반
학급 어린이회 드림

1 1 0 - 8 3 0

받는 사람
서울 종로구 신영동 35-12
푸른아파트 104동 105호
이강산(이보라 아버님) 귀하

1 1 0 - 8 3 0

〈제3과〉

문장 속에 잘못 쓴 말 바르게 고치기

아래 보기 글은 어느 초등 학교 3학년 어린이가 학예회 연습을 하면서 쓴 일기입니다. 이 글을 읽으면서 밑줄을 긋고 앞에 번호를 붙인 낱말들을 자세히 살펴보세요.

2005년 11월 3일, 목요일, 맑음

우리 학교는 올해도 학예회를 하기로 했습니다. 이제 그 기다리던 학예회가 ① 5섯 밤만 자면 돌아옵니다.

② 1루, ③ 2틀, ④ 3흘…… 아, 어서 시간이 지나고 우리가 합창을 뽐낼 수 있는 그 날이 빨리 왔으면 ⑤ 좋겟씁니다.

우리 반은 모두 ⑥ 사십두 명인데 이 어린이가 죄다 출연해 합창을 합니다. 합창 제목은 '산에서 들에서' 인데 리듬이 빨라서 그런지 연습이 잘 ⑦ 않 ⑧ 됬습니다. 나는 이 노래가 ⑨ 재일 쉬운데 아이들은 왜 틀리는지를 잘 모르겠습니다.

오늘도 연습을 할 때 뒤에서 ⑩ 1나가 틀려 선생님이 화를 ⑪ 내씁니다.

내일 연습할 때는 ⑫ 조금한 실수도 하지 말아야 할 텐데…….

친구가 잘못 쓴 말 고쳐 주기

공부한 날
월 일

어떠세요? 뭐가 이상하지 않으세요? 끝까지 다 읽었는데도 뭐가 이상한지 아직도 모르겠다고요? 그렇다면 문제가 큽니다.

이 말들은 잘못 쓰이거나 틀린 말들입니다. 그런데 4, 5, 6학년 어린이들도 이렇게 쓰는 어린이가 많은 게 현실입니다.

아래에 든 말들은 어떻게 고치는 게 좋을까요? 빈칸에다 고쳐 써 봅시다.

① 5섯 ➔	② 1루 ➔	③ 2틀 ➔
④ 3흘 ➔	⑤ 좋겟씁니다 ➔	⑥ 사십두 명 ➔
⑦ 않 ➔	⑧ 됬습니다 ➔	⑨ 재일 ➔
⑩ 1나 ➔	⑪ 내씁니다 ➔	⑫ 조금한 ➔

위의 말들을 고치기 전처럼 쓰는 어린이들이 늘어나는 것은 우리 국어에 대한 관심이 적기 때문입니다. 그리고 집안이나 주위의 어른들이 말을 잘못 쓰는 것을 무작정 따라 쓰기 때문이기도 하지요. 그러나 그보다도 더 큰 원인은 젊은이들이 PC 통신을 할 때 일부러 우리 말을 발음 나는 대로 만들어 쓰는 것이지요. 그러는 것을 일종의 멋으로 생각한다는 게 국어를 망치는 일이지요. 이 점에서는 어른들이 많은 반성을 해야 합니다.

잘못 쓰는 것을 오히려 멋으로 알고 앞으로 10년, 20년 계속 쓴다고 생각해 보세요. 우리말과 글이 어떻게 되겠어요. 그 때 가서는 어느 말이 맞는 말인지도 모를 정도로 우리말과 글은 엉망이 될 거예요. 우리 어린이들만이라도 우리글과 우리말을 바로 써서 잘못 쓰는 어른들을 부끄럽게 만들어야 합니다.

공부한 날	
월	일

잠깐만! 도우미

1. 잘못 쓰인 말을 바로잡으면 이렇습니다.

① 5섯 → 다섯 ② 1루 → 하루 ③ 2틀 → 이틀
④ 3흘 → 사흘 ⑤ 좋겟씁니다 → 좋겠습니다 ⑥ 사십두 명 → 사십이 명
⑦ 않 → 안 ⑧ 됬습니다 → 되었습니다(또는 됐습니다) ⑨ 재일 → 제일
⑩ 1나 → 하나 ⑪ 내씁니다 → 냈습니다 ⑫ 조금한 → 조그만

앞의 일기를 바른 말로 원고지에 고쳐 써 봅시다. 그런 후 자기가 쓴 글과 선생님이 고쳐 쓴 글을 견주어 봅시다.

고쳐 쓴 글

2005년 11월 3일, 목요일, 맑음

우리 학교는 올해도 학예회를 하기로 했습니다. 이제 그 기다리던 학예회가 다섯 밤만 자면 돌아옵니다.

하루, 이틀, 사흘…… 아, 어서 시간이 지나고 우리가 합창을 뽐낼 수 있는 그 날이 빨리 왔으면 좋겠습니다.

우리 반은 모두 사십이 명인데 이 어린이가 죄다 출연해 합창을 합니다. 합창 제목은 '산에서 들에서'인데 리듬이 빨라서 그런지 연습니 잘 안 됐습니다. 나는 이 노래가 제일 쉬운데 아이들은 왜 틀리는지 잘 모르겠습니다.

오늘도 연습을 할 때 뒤에서 한 명이 틀려 선생님이 화를 내셨습니다. 내일 연습할 때는 조그만 실수도 하지 말아야 할 텐데…….

〈제4과〉

자기 생각과 주장을 논리적으로 펼치는 글 쓰기

우리가 살아가다가 보면 남들이 좋아하든 말든 자기 주장을 꼭 말해야 할 때가 많습니다. 이 때 자기가 무엇을 주장하려고 하는지를 상대방한테 확실하게 전달해야 합니다. 우선 글 쓸 내용을 말로 먼저 조리 있게 이야기해 봅니다. 이 때 논리적으로 조리 있게 말한 내용을 글로 쓰면 그게 바로 자기 주장을 펴는 글이 됩니다. 그리고 이런 글이 서론 · 본론 · 결론을 제대로 갖추면 논설문이 되지요.

그럼, 어떻게 하면 논리적으로 말을 할 수 있을까요?

잠깐만! 도우미

나는 이 문제에 대해 이렇게 생각합니다. (자기 주장)

↓

왜냐하면 그 이유는 (자기가 생각하고 있는 이유를 댐)이기 때문입니다.

(이유나 근거를 몇 가지 제시)

↓

그러므로 이렇게 (자기가 생각하는 실천 방안을 댐)하면

(실천 방안을 몇 가지 제시)

그 문제는 해결된다고 봅니다.

보기 글 살펴보고 분석하기

공부한 날
월 일

위에서 〈잠깐만 도우미〉가 일러 준 형식에 맞춰 말을 하면 자기 주장을 논리적으로 펼 수 있지요. 이 때 말한 내용을 글로 다듬어 나타내면 훌륭한 주장하는 글이 됩니다. 주장하는 글을 쓸 때에 '이유'와 '실천 방안'을 짧게 대느냐, 길게 대느냐에 따라 논설문의 길이가 짧아지고 길어지는 겁니다.

그럼, 〈잠깐만 도우미〉가 가르쳐 준 대로 말하고, 그 말한 내용을 주장하는 글로 써서 학예회 때 발표한 한 어린이의 보기 글을 살펴볼까요?

공부 시간 좀 줄여 주세요

서울 목동 초등 학교
3학년 1반 진현정

요즈음 우리는 집과 학교, 학원에서 하루 종일 공부만 하고 있습니다.

어느 집이나 부모님들은 자기 자녀들이 남보다 공부를 더 잘하기 바라는 마음에서 학습지나 과외 등을 시키고, 학원을 보냅니다.

그런데 나는 어린 우리에게 공부를 지나치게 시켜, 거기에 매달리는 시간이 너무 많다고 생각합니다. 그래서 공부 시간을 줄여 줘야 된다고 주장합니다.

왜냐하면 그 이유의 첫째가 우리는 한참 자라나는 어린이이므로 가장 중요한 것은 건강입니다. 건강이야말로 모든 것의 기초가 되기 때문이죠. 우리가 너무 공부에 묻혀 제대로 뛰어 놀지도 못하

보기 글 살펴보고 분석하기

공부한 날
월 일

고 병이 든다면 가정도 행복할 수 없는 일입니다.

둘째, 가족간의 화목이 깨질 수도 있기 때문입니다. 부모님은 공부만 하라 하고, 우리는 그것이 싫다고 하다 보면 서로 사이가 좋을 리가 없겠지요. 공부 때문에 가족 간에 다툼이 일어난다면 가정 분위기가 나빠질 것입니다. 그러면 공부할 의욕이 생기질 않아 오히려 더 나쁜 결과를 가져올 수도 있는 것입니다.

셋째, 다른 어린이들과 어울려 노는 것도 매우 중요하기 때문입니다. 학교에서의 생활과 공부가 끝난 후 다른 아이들과의 놀이는 서로 마음을 합쳐가거나 이해하는데 매우 중요하다고 생각합니다. 그렇게 커야 어른이 되었을 때도 서로를 이해할 수 있다고 생각합니다.

그러므로 부모님들은 우리의 공부를 줄여 주셔야 합니다. 그래서 남는 시간을 맘 맞는 친구들과 실컷 뛰어 놀면서 크게 해 주셔요.

그렇게 해 주신다면 우리는 장차 더 훌륭한 어른이 될 수 있을 것입니다. 그러니 제발 공부 좀 줄여 주세요.

위 글을 보면 자기가 그렇게 주장하는 '이유'에 비해 '실천 방안'이 조금 부족한 것 같습니다. 실천 방안을 좀 더 조리 있게 쓴다면 전체 글 내용의 균형도 잡히고 길이도 길어질 것입니다.

하지만 이 정도면 잘 쓴 글입니다. 무엇보다도 주장하는 글의 성격이 뚜렷이 잘 나타나 있습니다. 이런 식으로 자꾸 쓰다 보면 논설문도 별거 아니라는 것을 스스로 곧 깨닫게 될 것입니다.

〈학예회를 열어 추억을 만들자〉라는 주제로 자기 주장을 말해 봅시다. 그리고 그 내용을 글로 쓰기 전에 우선 얼개를 짜 봅시다. 그런 후 이 얼개로 주장하는 글을 원고지에 일곱 장 정도 써 봅시다.

공부한 날
월 일

얼개 짜기

주장 : 학예회를 열어 추억을 만들자

그렇게 주장하는 이유

첫째,

둘째,

셋째,

실천 방안

우선,

그리고,

끝으로,

그러면 .... 될 것입니다.

위에 짠 얼개로 자기 생각과 주장을 펼치는 글을 원고지 7~8장 정도 써 봅시다.

공부한 날

월 일

〈제5과〉

빠진 글자와 틀린 글자를 고쳐 글 다듬는 법 익히기

대부분의 어린이들은 글을 다 쓰면 다시 한번 곰곰이 살펴보려 하지 않고 그냥 내기에 바쁩니다. 하지만 이는 바람직하지 않은 버릇입니다. 왜냐하면 자기가 미처 생각하지 못한 내용도 있고, 자기는 썼는 줄 알았는데 빨리 쓰겠다는 급한 마음에 자기도 모르게 글자나 낱말을 빠뜨리는 수가 있기 때문입니다. 그러니 글을 다 쓴 다음에는 꼭 자기 글을 다시 한번 읽고 다듬는 버릇을 가져야 하겠습니다. 이를 작가 선생님들은 '퇴고' 라고 합니다.

잠깐만! 도우미

'퇴고' 란 말을 쓰게 된 유래

'퇴고' 란 말은 글을 쓸 때 알맞은 낱말이나 글자를 여러 번 생각하여 고치는 것을 이르는 말인데 다음과 같은 일화에서 유래하였답니다.

중국 당나라의 '한유' 라는 학자가 높은 벼슬을 할 때였습니다. 어느 날 그가 말을 타고 길을 가는데 '가도' 라는 사람이 비키지를 않자 신하들이 한유 앞에 끌고 왔습니다. 가도는 미처 길을 비키지 못한 이유는

이웃이 드물어 한가로이 거처하고
새는 연못가의 나무에서 잠자고

풀 숲 오솔길은 거친 정원으로 통하네.
중은 달 아래 문을 두드린다.

라는 시를 지었는데 마지막 구절에서 '문을 민다'가 좋을지 '문을 두드린다'가 좋을지 만을 생각했기 때문이라고 했습니다. 그러면서 그는 용서를 빌었습니다. 그러자 한유는 '민다' 보다는 '두드린다'가 낫겠다고 답했습니다.

그럼, 우리도 퇴고하는 실습을 해 볼까요? 다음 글은 4학년 어린이의 글로는 꽤 잘 쓴 글입니다. 하지만 몇 군데만 더 다듬으면 더 좋은 글이 되겠기에 본보기로 삼았습니다.

학예회 ①리허설

경기도 광명시 광덕초등학교
제4학년 3반 박혜상

내가 다니는 광명 광덕초등학교의 4, 5, 6학년은 일주일 동안 화요일에 40 분간씩 특활에 투자하고 있다. 특활은 자기가 가고 싶은 부서에 들어가서 일 년 동안 그 부서에서 배우고 일 년 후 다시 골라 다른 부서에 가는 것을 6학년 때까지 반복하는 것이다. 그런데 ②나는 노래를 잘 못 불러서 합창부에 들어가 활동하고 있다.

③몇일 전, 합창부 선생님께서 각종 대회 등을 나가기 전에 하는 리허설에 대한 말씀을 하시면서 학예회를 나가는 것처럼 옷을 입고 오라고 하셨다. 리허설을 하는 것에 대한 나의 생각으로서는 학예회를 할 때 많은 사람들이 오는데, 무대에 서는 사람들 중에서 아무리 ④겁 등이 없더라도 큰 무대는 위에 서면 저절로 겁이 나고 긴장이 될 것이다. 그러므로 ⑤겁등을 약간이나마 풀어주려고 그러시는 것 같기도 했다. 그리고는 1시 30분까지 1학년 6반 복도로 모이라고 하셨다.

다음날 ⑥합창부는 선생님께서 모이라는 장소에는 없었고, 열린 교실에 모여 있었다. ⑦합창부 선생님께서는 우리들을 꽤 많이 찾으신다는 느낌이 들었다. 1시 30분이 지났는데도 오시지 않으셨다.

40분경이 되자 열린 교실의 문이 열리면서 합창부 선생님께서 따라오라는 손짓을 보내셨다. 멈추신 곳은 1학년 1반 교실이었는데 1학년 아이들은 꼭두각시를 하는지 거기에 모여 있는 어린아이들은 꼭두각시의 모습으로 모여 있었다. 선생님께서는 목이 풀리라고 학예회 때 부를 노래를 하라고 말씀하셨다.

노래를 부르자 거기에 있던 모든 사람들이 우리를 쳐다보았다. 이렇게 노래를 다 부르고 조금 쉬고 있는데 다른 선생님께서 올라와 대기하고 있으라고 하셨다. 나는 합창부의 순번이 4번이라는 소리를 듣고 ⑧매우 감짝 놀랐다. 이렇게 ⑨조금의 시간이 가고 우리 차례가 되었다. 무대에 올라가서 '고향길' 과 '노래하는 숲 속' 을 부르고 내려왔다. 거기에 있는 사람들 거의가 박수를 쳐 주었다. 그리고는 선생님께서 옷을 갈아입고 오라고 하셨다. 나 외에 세 친구들은 교실에서 옷을 갈아입고 ⑩리허설이 하는 방향으로 뛰어갔다. 우리는 자리가 없어서 맨 뒤에 앉아 남이 하는 것을 보았다. 모두들 연습을 많이 한 것이 표가 났다. 끝까지는 못 보았지만 거기에서 약간이나마 본 것을 배워서 더욱 잘해야 되겠다는 생각이 들었다.

위 글에서 붉은 색으로 밑줄 친 말들을 더 어울리는 말이나 문장으로 고쳐 봅시다.

①

②

③

④

⑤

⑥

⑦

⑧

⑨

⑩

12월의 주제

겨울

〈제1과〉

마음에 들지 않는 곳 다시 고쳐 실감나게 글 다듬기

12월부터는 눈도 오고, 날씨도 추워서 겨울을 실감하게 됩니다.

이번 주제로는 12, 1, 2월에 나타나는 일들까지 모두 다룰 수 있는 주제를 잡아서 생각해 보기로 했습니다. 그래서 〈겨울〉로 정했습니다.

실감나게 글 다듬기

어린이들의 글쓰기 과정을 보면 처음에는 2백 자 원고지 일곱 장 정도 써 낼 수 있는 능력이 없어 매우 애를 먹습니다. 이는 매일 일기를 한 바닥만 쓰는 게 큰 원인이 되기도 합니다.

오랜 기간 동안 글쓰기 공부에 매달려야 일곱 장 정도를 힘들이지 않고 써 낼 수 있는 실력이 생깁니다. 일곱 장 정도를 썼다고 글쓰기 공부를 다 끝낸 것은 아닙니다. 그 정도만 돼도 잘 쓴다고 할 수 있지만, 더 잘 쓰려면 그 다음 단계는 일곱 장 정도로 길게 쓴 글을 아주 실감나게 다듬는 과정이 필요합니다. 이 과정을 잘해야만 글이 실감나고 읽는 이의 마음을 움직여 감동을 주게 됩니다. 그래야 진짜로 글을 잘 쓴다는 소리를 들을 수 있는 것입니다. 이 과정은 글쓰기의 마지막 과정에 속합니다.

이번에는 그런 과정에 대해서 한 어린이의 글을 보기로 들어 공부해 볼까요.

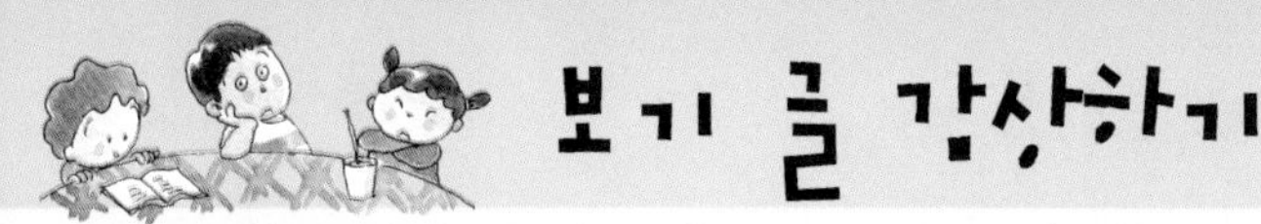

함께 생각해 봅시다.

공부한 날
월 일

보기 글

자랑스러운 우리 엄마

제4학년 김윤경

추운 겨울이 되면 먼저 생각나는 일이 있다. 우리 엄마의 뒤늦은 대학 졸업식장에 갔던 일이 그 일이다. 엄마께서는 ①어렸을 때 대학교를 못 나오셨다고 하셨다. 형편이 어려워 큰딸인 큰이모께서만 나오셨기 때문이다. 5남매이지만 둘째이신 우리 엄마께서도 못 나오셔서 내가 7살 ②때부터인가 ③국어국문학과를 들어가 공부하시게 되셨다. 엄마께서는 낮에는 물론 밤이나 새벽까지 공부하시다가 주무셨다. 그런 덕분인지 장학금을 타서 공부하게 되셨다. 나는 어렸을 때는 잘 몰랐는데 지금 생각하니 엄마가 너무 자랑스러웠다.

그런 엄마께서 작년 겨울에 졸업을 하셨다. 졸업을 하시는데 축하해드린다고 친척들이 와 주셨다. 나와 우리 가족도 기쁜 마음으로 ④졸업장에 갔다. 엄마께서도 다른 분들과 같이 졸업할 때 쓰는 사각모와 가운을 입으셨다. ⑤그런데 사람이 많아서인지 우리 가족들은 두 편으로 나뉘어지게 되었다. ⑥동생과 아빠, 할아버지께서도 언니와 할머니, 엄마, 고모 등 여러 친척들을 찾으러 돌아다니셨다.

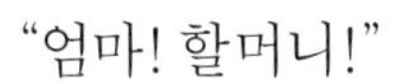

"엄마! 할머니!"

나와 동생도 목소리를 크게 내서 소리쳤으나 소용이 없었다.

"아, 맞다! 언니 우산이 주황색이니까 주황색 우산을 찾아보아야지!"

⑦마침 비와 눈이 섞여오는 날씨여서 추웠지만 나와 동생은 가족들을 찾아 돌아다녔다.

"어? 저기 저 사람 누나 아니야?"

동생이 갑자기 소리쳤다.

"어디?"

나는 눈을 더 크게 뜨고 동생이 ⑧가르키는 곳을 쳐다보았다.

"정말 맞네!"

나는 기쁜 마음에 크게 소리쳤다.

"아빠! 저기 엄마하고 ⑨누나가 있어요!"

동생이 아빠께 말씀드렸다.

"휴!"

안도의 한숨이 저절로 새어나왔다. 드디어 엄마의 졸업식이 시작되었다. ⑩작은고모께서는 큰 꽃다발을 선물로 드렸다. 언니, 나, 동생은 물건은 아니지만 우리의 마음을 선물해 드렸다.

졸업식이 끝나고 ⑪돌아가는 길에 눈을 맞으며 우리 가족은 즐겁게 기념 사진을 찍었다.

"하나, 둘, 셋! 찰칵!"

그때 찍은 사진은 앨범에 아직도 여러 장 남아 있다. 그 사진은 계속 보관하면서 보고 싶다.

나는 남들은 대학교를 못 나왔어도 그냥 생활하는데, 공부에 욕심이 많아서 대학교를 ⑫다니시면서 장학금까지 타셔서 지금은 졸업을 하신 엄마가 자랑스럽다. 나도 엄마를 본받아서 공부도 더 열심히 해야겠다는 생각이 들었다.

위 보기 글을 어떻게 하면 더 실감나는 글이 될까요? 여러분이 먼저 생각한 대로 고쳐 보세요. 그리고 다음 내용도 고쳤나 살펴보세요.

①어렸을 때가 아니고 젊었을 때겠지요? ②~부터, ~까지, ~한테, ~에게, ~처럼, ~이다 등등은 혼자 떨어져서는 쓰일 수 없고 앞말에 붙여서만 쓰는 말입니다. 그러니 붙여 써야 합니다. ③어느 대학인지 밝혀야 읽는 사람이 궁금하지 않지요.
④어디서 하는지? ⑤사각모와 가운 입은 모습을 자세히 묘사함. ⑥그 상황을 더 자세하게 씀. ⑦속마음(심리)도 묘사함. ⑧'가리키는'이 표준말임. ⑨촌수가 어떻게 되는 누나인지 밝힘. ⑩졸업식 광경을 자세하게 묘사함. ⑪이 글을 집에서 썼다고 보면 '돌아오는'이 맞을 듯함. ⑫한 문장에 높이는 말이 너무 많음.

보기를 실감나게 다듬어 정서하기

공부한 날
월 일

앞의 보기 글 〈자랑스런 우리 엄마〉를 자기 마음에 들게 고쳐 원고지에 옮겨 써 봅시다.

보기를 실감나게 다듬어 정서하기

공부한 날
월 일

보기를 실감나게 다듬어 정서하기

공부한 날
월 일

〈제2과〉

자기 주장을 글로 표현하는 논설문 쓰기❶

12월은 일 년을 마무리하며, 겨울철 건강에 주의해야 하는 달입니다. 우리 어린이들은 어떠 어떠한 점에 주의해야 하는지 깊게 생각해 봅시다.

이 때 자기 주장을 펴는 글을 잘 쓰려면, 우선 말하기부터 잘해야 합니다.

그럼, 한 어린이가 자기 주장을 말로 표현한 것을 살펴볼까요?

1. 나의 주장 말하기

❶ 나는 겨울철 건강에 주의해야 한다고 생각합니다.

↓

❷ 왜냐하면 그 이유는 이렇습니다.
첫째, 날씨가 아주 쌀쌀하기 때문입니다. 둘째, 아침 · 저녁과 낮의 기온 차가 많기 때문입니다. 셋째, 게을러져서 운동을 하지 않기 때문입니다.

↓

❸ 그러므로 우선, 감기에 걸리지 않도록 조심해야 합니다. 그리고, 춥다고 꾀를 피우지 말고 운동을 열심히 해야 하겠습니다. 또한, 옷을 따뜻하게 입고 다녀야겠습니다.

↓

그러면 겨울이라 해도 감기에 걸리지 않고 건강을 지켜 튼튼한 어린이가 될 수 있을 것입니다.

논설문 얼개도 짜기

공부한 날
월 일

위에 말한 내용을 가지고 주장하는 글을 써 보기로 합시다. 이 때 제일 먼저 할 일은 위의 내용을 이용하여 논설문 얼개를 짜는 일입니다. 그럼, 우리도 같이 논설문 얼개를 짜 볼까요?

논설문 얼개도

서론에 써야 할 내용	1. 날씨가 쌀쌀하고 온도 차이가 많이 남. 2. 집에서 게으름을 피움. 3. 논설문의 방향을 밝힘.
본론에 써야 할 내용	1. 감기에 걸리지 않도록 조심함. 2. 운동을 많이 함. 3. 옷을 따뜻하게 입음.
결론에 써야 할 내용	1. 본론을 다시 강조함. 2. 앞으로의 전망을 밝힘.

위 얼개도에 따라 쓴 본보기 논설문을 감상해 봅시다.

겨울철 건강에 주의하자

제4학년 김솔아

요즘은 날씨가 아주 쌀쌀하다. 또 아침과 점심, 저녁의 온도 차이가 너무 심하게 난다. 이렇게 날씨가 춥다 보니 학교를 갔다오면 집안에 갇혀서 컴퓨터나 텔레비전만 보기 일쑤다. 나도 추우니까 어떨 땐 이불 속에서 게으름 피울 때가 많다. 하지만 누구든지 그러면 좋지 않다는 것을 알고 있을 것이다.

그러면 어떤 식으로 생활해야 겨울철을 잘 났다고 할지에 대해서 깊이 생각해 보자.

첫째, 감기에 걸리지 않도록 조심하자.

감기에 걸린다면 콧물도 흐르고, 아주 중요한 순간에 기침을 하여 이야기를 듣지 못하는 일이 생긴다. 그러므로 감기에 걸리지 않으려면 밖에 나갔다 돌아와서 손과 발을 잘 씻어야 한다. 손과 발은 눈에 보이지 않는 아주 작은 세균을 많이 묻혀 오기 때문이다. 그리고 감기에 걸렸을 적에는 잠자리에 일찍 들고 이불을 푹 덮고 자 땀을 흘린다면 감기를 보다 빨리 날 수 있게 해야 한다.

둘째, 운동을 열심히 하자.

운동을 하면 우리가 많이 움직이게 된다. 자꾸 움직이다 보면 추위를 겁내지 않게 된다. 또 운동의 재미를 맘껏 맛볼 수 있고 운동을 하면 우리가 많이 움직이게 된다. 자꾸 움직이다 보면 추위를 못 느끼게 된다.

셋째, 옷을 따뜻하게 입고 다니자.

겨울철이 되면서 날씨는 점점 추워만 간다. 그런데 멋을 부리느라 옷을 얇게 입고 다니는 사람들이 가끔 눈에 띈다. 그런 사람들은 감기에 강한 사람일까? 아니다. 아무리 강하다 하여도 겨울에 얇은 옷을 입은 사람들은 잘못된 것이다. 요즘은 옷을 얇게 입어도 이상한 사람 취급을 받는다. 또 건강에도 해로우니 옷을 두껍게 입고 다니자.

이렇게 따뜻한 겨울을 나기 위해서는 감기 예방을 해야 하고, 운동을 많이 해야 하며, 옷을 따뜻하게 입고 다녀야 한다. 그러면 독감 때문에 예방 주사를 맞거나 아파서 주사를 맞는 일이 줄어들 것이다. 겨울에 운동도 하고 감기에 걸리지 않도록 우리 모두가 노력한다면 감기 없는 사회가 만들어질 것이다. 그리고 사람들이 아프지 않으면 즐겁고 신바람 나는 겨울이 될 것이다. 그러므로 우리 모두 겨울 건강에 주의하도록 노력하자.

얼개도 따라 논설문 쓰기 실습

공부한 날
월 일

보기 글 〈겨울철 건강에 주의하자〉를 자기 마음에 들게 고쳐 원고지에 옮겨 써 봅시다.

공부한 날
월 일

1월의 주제

겨울 방학

〈제1과〉

자기 주장을 글로 표현하는 논설문 쓰기❷

이제 새해가 시작되었습니다.

모두들 방학 기간이라 집에서 새해를 맞고 새로운 각오와 다짐을 나름대로 했으리라 믿습니다. 누구나 싫든좋든 한 살 더 먹었으니까 좀 더 의젓해지고 공부도 열심히 해야 하겠습니다.

방학은 노는 기간이라고 생각하면 안 됩니다. 방학 동안을 어떻게 짜임새 있게 보내느냐에 따라 새 학기에 새 사람이 될 수 있습니다. 그럼 겨울 방학을 잘 보내려고 하는 한 어린이의 보기 글을 보며 논설문 공부를 해 볼까요.

겨울 방학을 잘 보내자

인천 부광초등학교
4의5반 류정현

요즘 겨울 방학이 다가오고 있다. 난 '겨울 방학' 이란 말을 들으면 내 마음이 훈훈해진다. 내 친구들도 방학을 매우 좋아한다. 또한 사회의 모든 학생들도 겨울 방학을 기다릴 것이다.

공부한 날
월 일

눈사람도 만들고 스키도 탈 수 있는 겨울! 어떻게 하면 겨울 방학을 알차고 보람 있게 보낼 수 있는지 알아보자.

첫째, 불조심을 하자.

겨울에는 습기가 적어 화재가 많이 난다. 우리는 꼭 외출을 하려면 가스가 새지 않게 하기 위하여 밸브를 꼭 잠그자. 또한 불에 잘 타는 물질들을 불 가까이 놓지 말자. 실천 방안으로는 집에 소화기를 마련하였으면 좋겠다.

둘째, 얼음판을 조심하자.

요즘은 겨울철이나 어디서나 쉽게 얼음판을 볼 수가 있다. 학교에선 언니 오빠들이 얼음판에서 미끄럼을 탄다거나 어린아이들을 넘어뜨리는 경우를 종종 볼 수가 있다. 나로서는 왜 그렇게 위험한 장난을 하는지 알 도리가 없다. 앞으로는 얼음판의 위험한 사고를 막아야겠다. 실천 방안으로는 늘 마당이나 외부에 물을 뿌리지 않는다.

셋째, 몸을 따뜻하게 하자.

요즘은 겨울이라 날씨가 매우 춥다. 그래서 감기에 많이 걸린다. 나도 현재 감기에 걸려 있다. 심하면 열까지 나기도 한다. 이런 질병들이 무서운지 모르고 계속 옷을 따뜻하게 입지 않고, 추운 곳에서 계속 놀러 다닌다면 폐렴에 걸릴 수도 있다. 실천 방안으로는 외출을 삼가고, 외출할 때는 옷을 따뜻하게 입자.

우리는 본론에서 여러 가지를 알아보았다. 앞으로 우리는 불장난을 하지 말아 불로 인한 '화재' 사고를 막아야겠다. 또한 얼음판을 피해 다니고, 될 수 있으면 물장난을 하지 말자. 또한 몸을 따뜻하게 하여 질병에 걸리지 않는 튼튼한 어린이가 되자. 나도 앞으로 내가 내세운 주장에 잘 따르고 몸을 따뜻하게 하여야겠다. 나도 예전에는 겨울을 무심코 지나가 버린 일이 많았다. 이제 겨울에는 질병에 걸리지 말자.

우리 모두 겨울 알차게 보내자.

위 논설문을 자세히 살펴보면 논설문의 형식에 맞게 잘 쓴 편에 드는 글입니다. 서론 · 본론 · 결론에 들어가야 할 내용들을 잘 추려서 썼습니다. 하지만 더 욕심을 낸 다면 각 부분마다 보태야 할 점들도 많습니다.

글의 균형을 맞추기 위해 대개 〈서론〉은 글의 1/5, 〈본론〉은 3/5, 〈결론〉은 1/5의 양을 쓰는 게 좋습니다. 그렇게 봤을 때 이 글은 서론이 좀 짧습니다. 그리고 이 글은 본론의 주장에 학습에 관한 것도 한 가지쯤은 들어가야 되겠습니다. 방학 때 지켜야 할 안전 문제만 주장으로 내세웠기 때문에 내용과 제목이 잘 맞지 않고 있으니까요.

여러분은 생각하기에 이 글에다 더 보태야 할 점들은 어떤 것들이라고 생각합니까?

위 보기 글 〈겨울 방학을 잘 보내자〉에 자기 생각을 더 보태고 마음에 들때까지 고친 뒤 이 내용을 원고지에 옮겨 봅시다.

잠깐만! 도우미

1. 논설문이란 : 한 마디로 자기 주장을 펼치는 글. 어떤 문제에 대한 자신의 생각을 이유나 근거, 예 등을 들어 다른 사람이 따르도록 설득하는 글.
2. 논설문의 특징 : ① 글쓴이의 주장과 생각이 뚜렷하게 나타난다. ② 서론 · 본론 · 결론의 세 단계로 구성되어 있다. ③ 아주 논리적이라, 다른 갈래의 글에 비해 딱딱한 느낌이 든다. ④ 주장이 옳다는 것을 증명하기 위한 이유나 근거가 반드시 들어 있다. 아울러서 실천 방안도 들어 있다. ⑤ 글감이 현실 사회의 공통적인 문제점이다.
3. 논설문의 3단계와 이에 들어갈 내용

〈서론〉 ① 주위에서 흔히 볼 수 있는 사회의 문제점을 드러내 보임. ② 문제를 지적하게 된 까닭이나 목적을 밝힘. ③ 논설문의 방향을 밝힘.

〈본론〉 ① 서론에서 드러낸 문제에 대한 자기 주장을 내세움. ② 주장에 따른 근거, 이유를 들어 뒷받침함. ③ 문제의 해결을 위한 실천 방안을 내보여 설득함.

〈결론〉 ① 본론의 주장이나 증명을 요약하여, 주제를 다시 한번 강조함. ② 앞으로의 전망 또는 새로운 과제를 드러내 보임. ③ 나의 각오나 결심 등을 밝힘.

공부한 날
월 일

논설문 원고지에 정서하기

공부한 날
월 일

논설문 원고지에 정서하기

공부한 날
월 일

논설문 원고지에 정서하기

공부한 날
월 일

〈제2과〉

길고 자세한 산문(줄글) 쓰는 법

대부분의 어린이들이 글을 쓸 때 사건 위주로만 늘어놓으며 간단하게 씁니다. 그러다 보니 글이 아주 짧아지는 것입니다. 글을 잘 쓴다는 소리를 들으려면 우선 무엇보다도 글을 자세하게 쓰는 버릇을 들여야 합니다. 그래야 글 길이가 길어지는 것입니다. 그런데 글을 길게 쓴다는 게 말처럼 그리 쉬운 것은 아닙니다. 어디다가, 무슨 내용을, 어떻게 더 보태야 할지를 모르기 때문입니다.

글을 자세히 쓰는 훈련은 오랜 세월을 두고 꾸준히 연습해야 하고, 그 방법도 여러 가지라고 하겠습니다.

그럼, 오늘은 사건 위주로 쓴 글을 자세히 쓰는 훈련을 해 보기로 하겠습니다.

먼저 예문을 보기로 하지요.

보기 글

엄마가 우산을 가지고 가라고 하셨다.
나는 날씨가 맑아서 그냥 학교에 갔다.

"동렬아, 오늘 일기 예보에서 오후에 비가 온다고 했으니까 우산을 가지고 가거라."

하고 어머니께서 말씀하시자, 나는

"이렇게 날씨가 맑은데 왜 비가 와요?"

라며 퉁명스럽게 대꾸하고는 우산을 안 들고 그냥 학교로 뛰어갔다.

길고 자세한 산문 쓰기 실습

공부한 날
월 일

위 보기 글처럼 여러분도 아래의 보기 글 〈우산〉에다 대화하는 글과 묘사하는 글을 넣어 원고지 3~4매 정도 길게 자세하게 써 봅시다.

우산

아이들이 조용히 아침 공부를 하고 있었다.
오후에 비가 온댔다고 우산을 가지고 오는 아이들이 많았다.
나는 대수롭지 않게 생각하였다.
5교시에 갑자기 하늘이 어두워지기 시작하였다.
드디어 비가 많이 왔다.
나는 어머니 말씀을 듣지 않고 온 것을 후회하였다.
우산을 쓰고 가는 아이들이 부러웠다.
나는 신발주머니를 뒤집어쓰고 집에 왔다.
어머니는 안 계시고 동생만 집에 있었다.
동생은 어머니가 우산을 가지고 학교에 가셨다고 했다.
나는 정문으로 오지 않고 후문으로 나온 것이 생각났다.
내가 다시 학교로 가니 정문 앞에 어머니가 우산을 들고 계셨다.
나는 너무 반가워서 어머니께 달려가 안겼다.

위 글을 자세하게 쓴 한 2학년 어린이의 글을 91쪽에서 살펴봅시다. 2학년 어린이치고는 아주 잘 쓴 글입니다. 글을 자세히 쓴다는 게 그리 쉽지만은 않은 일이거든요.

이렇게 자세히 써 놓으니까 이야기가 실감이 나서 금방 읽는 이가 주인공이 되어 빗줄기를 바라보며 집에 갈 근심을 하고, 이어 비를 맞고 신발주머니를 뒤집어쓰고 오는 듯한 착각에 빠지지요?

길고 자세한 산수 쓰기 실습

공부한 날
월 일

길고 자세한 산문 쓰기 실습

공부한 날
월 일

김소라 어린이가 쓴 〈본보기 글〉이 여러분이 쓴 글보다 어디를 잘 쓰고 못 썼나를 견주어 봅시다.

우산

인천 대정 초등 학교
2학년 1반 김소라

교실에 들어가니 아이들이 조용히 앉아서 아침 공부를 하고 있었다.
많은 아이들이 오후에 비가 온다고 우산을 가지고 왔다.
'어? 날씨도 맑은데 우산은 왜 가져왔지? 이상하네.'
나는 속으로 대수롭지 않게 생각하였다.
'쪼르륵…… 쪼륵쪼를르…… 주룩주룩……'
5교시가 되자 갑자기 하늘이 어두워지며 비가 많이 내렸다.
'엄마 말씀을 듣고 우산을 가져올 걸. 그런데 이렇게 비가 많이 오는데 어떡하지?'
나는 엄마 말씀을 듣지 않은 것을 후회하였다.
"난 우산을 가지고 왔는데, 소라 너는 우산을 안 가져온 모양이구나. 그런데 나는 어디 가려고 일찍 가야 돼. 안녕!"
다연이가 먼저 갔다. 우산을 쓰고 가는 아이들이 부러웠다.

교실에는 이제 나만 남았다. 그래서 나는 신발주머니를 뒤집어쓰고 집으로 뛰어갔다.
'우산을 가져 갔으면 이런 일은 없을 텐데…….'
비를 맞으며 집에 와 보니 엄마는 안 계시고 동생만 있었다.
"누나, 엄마가 누나 우산 가지고 학교에 갔는데 엄마를 못 만났어?"
동생이 이렇게 말하자, 나는 정문으로 학교를 나오지 않고 후문으로 온 것이 생각났

내가 쓴 산문과 본보기 글 견주어 보기

공부한 날
월 일

다. 그래서 우산을 쓰고 다시 학교로 갔다.

그랬더니 엄마가 정문 앞에 서 있었다.

"엄마, 잘못했어요. 이젠 엄마 말씀 잘 들을게요."

나는 너무 반가워서 엄마께 안겼다.

내가 쓴 글과 〈김소라〉 어린이가 쓴 글을 견주어 본 후 그 소감을 솔직하게 적어 봅시다.

1. 김소라 어린이가 쓴 글에서 잘 썼다고 생각되는 부분.

2. 김소라 어린이가 쓴 글에서 잘 못 썼다고 생각되는 부분.

3. 내가 김소라 어린이가 쓴 글보다 잘 썼다고 생각되는 부분.

4. 내가 김소라 어린이가 쓴 글에서 배워야 된다고 생각되는 부분.

선생님 확인란 :

2월의 주제

책읽기

〈제1과〉

책읽기와 독서 감상문 쓰기

이제 우리를 들뜨게 했던 설날도 지나고, 새 학년을 맞을 준비를 차분히 할 차례입니다. 겨울 방학 숙제를 개학 며칠 전에 밤새우며 하지 말고 지금부터 챙기면서 할 때입니다. 그리고 작년에 부족했던 공부를 보충하여야겠습니다.

그뿐만 아니라 틈틈이 책도 많이 읽어 우리의 교양을 풍부하게 만들어야 하겠습니다. 지금 책을 많이 읽는 사람이 어른이 돼서도 성공할 수 있는 것입니다. 책 속에는 지혜와 슬기가 있기 때문입니다. 책을 읽으면 독서 감상문을 쓰는 습관도 들이는 것이 좋습니다. 그래야 그 감동을 오래오래 두고 깊이 느낄 수가 있지요.

독서 감상문에는 자기 생각과 느낌을 많이 써야

어제는 영민이 생일이라 가까운 친척이 다 모여 축하를 해 주었습니다. 친척 동생과 형, 누나들은 선물을 한 가지씩 사왔습니다. 선물을 받아서가 아니라 많은 친척이 모여 웃으며 이야기를 나누니 가족, 친척이라는 게 참 소중하다는 생각을 하게 되었습니다.

영민이는 작은고모가 사준 ≪떠돌이 장승≫이라는 동화책을 읽고 독서 감상문을 써야겠다고 생각했습니다. 자기가 읽고 나서 쓴 독서 감상문을 어머니와 고모한테 보여드리면 어머니께서 좋아할 것 같은 생각이 들었기 때문입니다. 그런데 막상 독서 감상문을 쓰려고 앉으니 어떤 내용을 가지고 원고지를 여러 장 채워야 할지가 막막했습니다. 또 책도 한 번만 읽고 쓰려니까 내용이 잘 생각나지 않아서 책을 자꾸 들쳐보게 되었습니다.

그래도 어머니와 고모를 기쁘게 해드리기 위해서 몰래 끙끙대며 글을 완성했습니다.

그럼, 우선 영민이가 쓴 보기 글 〈떠돌이 장승〉을 읽어 봅시다.

떠돌이 장승

희끄무레한 달무리가 진 밤에 남편 장승인 천하대장군이 아내 장승인 지하여장군과 이야기를 나누는데 쿵쾅거리는 발소리가 들려왔습니다. 도목이 아버지였습니다.

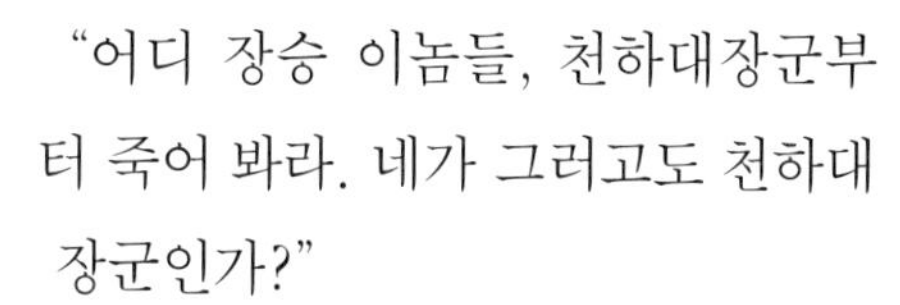

"어디 장승 이놈들, 천하대장군부터 죽어 봐라. 네가 그러고도 천하대장군인가?"

새파란 도끼 날이 천하대장군에 정강이를 잘랐습니다. 지하여장군을 치려는 찰나에 도목이가 뛰어나왔습니다. 그런데 다리를 지날 때였습니다. 도목이가 돌부리에 걸렸는지 갑자기 몸이 기우뚱거리며 다리 밑으로 곤두박질쳤습니다. 도목이 아버지는 다리 밑으로 냅다 뛰었습니다. 돌멩이에 도목이의 머리가 깨져서 피가 나오고 있었습니다.

병원으로 가는 중 천하대장군 영혼이 차 안을 기웃거렸습니다. 그때 도목이의 몸에서도 영혼이 나왔습니다. 천하대장군 영혼과 도목이 영혼은 함께 다니며 행동을 하기로 했습니다.

그런데 돌아다니던 중에 장난꾸러기 도깨비를 만났습니다. 도목이는 그 도깨비를

'꾸'라고 부르기로 했습니다. 왜냐하면 도깨비가 장난이 심한 꾸러기이기 때문입니다. 그 말을 듣고 꾸는 도목이를 꼬마니까 '꼬'라고 부르겠다고 했습니다. 천하대장군 영혼도 맞장구를 쳤습니다. 돌아다니다 보니 민속촌까지 오게 되었습니다. 엿도 꾸의 손에 닿으면 보이지 않아 하나씩 먹었습니다.

동해로 가서 신문왕과 문무대왕도 만났습니다.

꾸는 탈을 가지고 사람들에게 장난도 쳤습니다. 그런데 천하대장군도 지하여장군이 그립고 도목이도 가족이 그리웠습니다. 예전 마을로 오다 보니 병원에 도목이의 몸뚱이는 식물 인간이 된 채 아직 침대에 누워 있었습니다. 그래서 도목이의 혼은 도로 자기 몸속으로 들어 갔습니다. 천하대장군이 너분바위 마을에 들어섰을 때에는 이미 새 장승이 세워져 있었습니다. 바로 도목이 아버지가 세워놓은 것입니다.

"여보, 이게 어떻게 된 일인지 모르겠소만 장승 속으로 들어가겠소."

나는 이 책을 읽고 도목이 아버지에게도 도목이에게도 느낀 점이 많다. 도목이 아버지처럼은 되고 싶지 않지만 도목이에게는 본받을 점이 많다고 생각한다.

위 글이 독서 감상문이나 특징에 맞지 않는 곳을 지적해 보시오.

위 독서 감상문은 잘 썼을까요, 못 썼을까요?

한 마디로 말하면 잘 쓰지 못한 글입니다.

그렇다면 어디를 잘 못 썼을까요? 독서 감상문 쓰기 공부를 안 한 대부분의 어린이들이 쓰고 있는 그런 식의 글입니다.

이 글에서 잘못된 곳을 지적한다면 글 제목 쓰는 방법이 서툽니다. 책 제목만 달랑 적어 놓아서는 안 됩니다. 또 대부분의 어린이들이 책 내용만 늘어놓고 끝에 한두 줄 정도 자기 느낌을 쓰는데 그렇게 써서는 안 됩니다.

이 글도 느낀 점이 많다고 하면서도 끝에 두 줄밖에 안 썼습니다. 그리고 느낀 점이 많다고 했는데, 뭘 어떻게 느꼈는지 구체적으로 쓰지 않았습니다. 이뿐 아니라 독서 감상문 속에 들어가야 할 요소들이 거의 다 빠져 있어 아주 부족한 글입니다.

독서 감상문을 쓰기 위한 내 생각 쓰기

공부한 날
월 일

잠깐만! 도우미

1. 잘 쓴 독서 감상문 — 책 내용보다 그 책을 읽고 느낀 점이나 생각을 많이 쓴 글.

2. 독서 감상문에 들어가야 할 요소들 — ①읽게 된 동기, ②지은이와 출판사 소개, ③책 내용에 따른 나의 생각과 느낌(아주 많이), ④새로 알게 된 사실, ⑤본받을 점, ⑥비판할 점, ⑦주인공에 바라는 점, ⑧나의 각오나 결심 따위.

3. 제목 쓰기는 두 가지 방법 정도를 익혀두면 좋음.
   ❶ 초보자일 때 ……………………… ≪떠돌이 장승≫을 읽고
   ❷ 많이 써 본 사람일 때 ……… 불쌍한 두 영혼과 아기도깨비의 우리 것 여행
   — ≪떠돌이 장승≫을 읽고 —

책 내용에 따른 자기 생각 쓰기 연습 과정

독서 감상문을 쓸 때 대부분의 어린이들이 글 내용을 길게 늘어놓고 끝에 한두 줄 정도 자기 느낌을 붙인다는 이야기는 오래 전에 했지요. 이는 자기 생각을 어떻게 써야 할 줄을 모르기 때문에 그런 결과가 나오는 것입니다. 그리고 이때 내용을 요약하는 것도 국어 공부 시간에 문단의 뜻을 파악하듯이 요약을 해야 하는데 그것마저 안 되는 경우가 많아 아예 책에 나오는 그대로 베끼는 경우가 많습니다. 이런 것을 볼 때 요점 정리를 하는 일들은 하루 아침에 되는 게 아닙니다. 오랜 기간 동안 연습 과정을 거쳐야만 됩니다.

우선 독서 감상문 쓰기에서 매우 중요한 내용을 요약하는 경우부터 공부해 보기로 할까요? 독서 감상문이나 논설문에서는 이 부분 공부가 안 되면 더 진도를 나갈 수가 없을 정도지요.

다음 창작 동화 〈마지막 줄타기〉를 여러 번 읽고 그 내용을 친구와 같이 토론해 봅시다.

마지막 줄타기

이 동 렬

노인과 소년이 마을에 흘러든 것은 저녁 어스름이었다. 언뜻 보기에 두 사람은 아버지와 아들 같기도 했고, 또 달리 보면 할아버지와 손자 같기도 했다.

"얘야, 이제는 현기증이 나서 더 이상 못 걷겠구나. 날도 저물고 했으니, 오늘은 이 마을에서 쉬었다가 가기로 하자. 하긴 갈 때가 뚜렷이 있는 몸도 아니지만."

노인은 길게 난 수염을 아무렇게나 쓸며 손에 든 쥘부채를 펴서 땀을 식혔다. 손때가 묻고 땀에 절어 반들반들 윤이 나는 부채는, 펴고 보니 울긋불긋하고 화려했다.

"선생님 좋으실 대로 하십시오. 그런데 쉴 자리가 마땅할까요?"

껄밤송이 머리에 땟국물이 꾀죄죄하게 흐르는 소년이 노인을 부축하면서 말했다. 노인은 서 있는 것도 벅차 몸을 비칠거렸다.

"우리 신세에 이불 깔고 쉬려고 하느냐? 하늘을 지붕 삼고 땅을 베개 삼아 저 나무 밑에 누우면 되지. 저 나무 밑은 사방이 탁 트여 쉬기에는 안성맞춤인 것 같구나."

말라서 군살이라고는 한 점도 없는 깡마른 노인은, 주름살 투성이 얼굴에 웃음을 가득 지어 보이며 말했다.

"아직 땅에서 찬 기운이 올라오던데요. 밤 공기도 쌀쌀하고요."

소년이 근심스런 표정을 지어 보였다.

"괜찮다. 그보다 더한 지난 겨울도 견뎌 냈지 않느냐? 아무 소리 말고 저 느티나무 밑에서 쉬도록 하자. 나무 아래 누워서 저 앞에 보이는 미루나무를 바라보는 것도 아주 멋진 일이겠는 걸."

노인은 앞에 서 있는 두 그루의 큰 미루나무를 바라보며 말했다.

미루나무는 십여 미터 사이를 두고 높이 솟아 하늘을 쓸고 있었다.

"선생님, 잠깐만 앉아서 쉬십시오. 제가 마을에 들어가서 헌 가마니나 짚단을 구해 보겠습니다. 그것을 바닥에 깔면 조금은 따뜻하겠지요."

소년은 마을을 바라보며 말하고는 씨익 웃었다.

노인은 대답 대신 고개를 끄덕였다.

소년은 휘파람을 날리며 마을로 향했다.

다 닳아서 해진 운동화가 큰지 발걸음을 옮길 적마다 이상하게 움직였다.

소년의 모습은 한눈에 봐도 얻어먹는 사람이 틀림없었다. 소년은 얻어먹는 신세였지만 늘 웃는 모습이었다.

마을로 들어가는 길옆에는 군데군데 찔레꽃이 하얗게 피어 있었다. 마치 흘러가는 흰 구름 덩어리가 찔레덤불에 뚝 떨어진 것 같았다.

소년은 찔레꽃 몇 송이를 꺾어서 머리와 웃옷의 단추 구멍과 떨어진 곳에다 여기저기 꽂았다. 그리고는 꽃을 꽂은 자기 모습을 보고 혼자서 멋쩍게 웃었다.

소년은 마을에 들어가 첫집 대문을 두드렸다.

"누구세요?"

집안에서 소녀가 나오면서 큰소리로 물었다.

"밥 좀 얻으려고요. 선생님이 굶어 기운이 없으셔서……."

소년은 멋쩍은 미소를 지으며 말끝을 흐렸다.

"어머! 난 또 누구라고. 그런데 선생님이 누구니? 너는 안 먹고 선생님만 드릴 거니?"

소녀가 놀라면서 한마디 했다.

소년은 머리만 긁적이면서 웃었다.

"아직 저녁밥이 안 되었어. 동네를 한 바퀴 돌고 나중에 들러. 그러면 밥을 지어서 남겨 놨다가 줄게."

소녀가 웃으면서 말했다.

"……."

소년은 고개를 끄덕이며 옷에 꽂았던 찔레꽃을 한 송이 뽑아서 소녀에게 주었다.

소녀는 주춤하고 서 있더니 꽃을 받았다.

소년은 대문 틈에 찔레꽃을 꽂아 표시를 해 두고 다음 집으로 갔다.

소년은 동네를 한 바퀴 다 돈 다음에 그 집으로 왔다.

"선생님이라고 그랬지? 선생님이 누구시니?"

"우리 선생님은 줄타는데 나라 안에서 제일 가는 분이셔. 그런데 지금은 늙고 오갈 데가 없으시니까 이렇게 떠도는 것이지. 나는 그런 선생님을 만나게 된 것을 아주 영광으로 생각해."

소녀의 물음에 소년이 대답했다.

"뭐라구? 줄타기의 일인자라구? 선생님이 어디 계신데?"

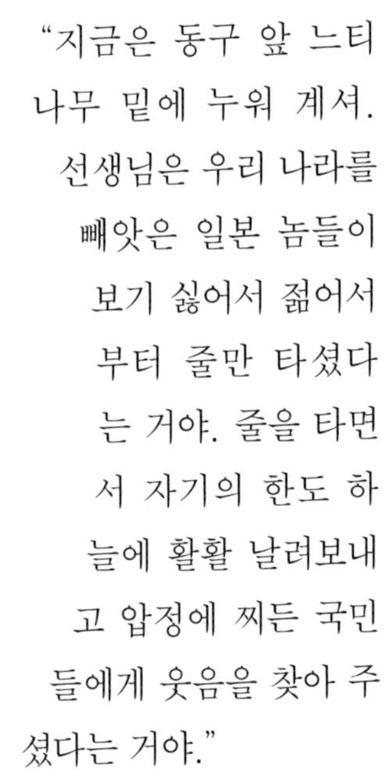

소녀가 밥과 반찬을 내주며 다시 물었다.

"지금은 동구 앞 느티나무 밑에 누워 계셔. 선생님은 우리 나라를 빼앗은 일본 놈들이 보기 싫어서 젊어서부터 줄만 타셨다는 거야. 줄을 타면서 자기의 한도 하늘에 활활 날려보내고 압정에 찌든 국민들에게 웃음을 찾아 주셨다는 거야."

소년은 노인에게 들었던 대로 주절주절 주워 섬겼다.

"그러니? 그러면 너의 선생이라는 분이 줄을 타는 광대셨단 말이지?"

"응."

"나는 광대들이 줄타는 것을 말만 들었지 보지는 못했어. 이 밥 갖다드리고 기운 차리시라고 그래."

"고마워."

소년은 고개를 끄덕하고는 마을을 벗어났다.

공부한 날
월 일

서산에 걸렸던 해님이 산 너머로 숨고 붉은 놀만 물들었다. 연한 느티나무 잎새들이 바람에 나부꼈다.

"선생님, 따뜻한 밥을 얻어왔습니다. 드시고 기운을 차리십시오."

소년이 얻어온 밥이랑 반찬을 펴놓으며 말했다.

"그래? 네가 괜히 나 같은 늙은이를 만나 고생이 많구나. 너 혼자 몸 건사하기도 힘들 텐데."

노인이 미안한 표정을 지으며 말했다.

"괜찮아요. 어차피 떠돌아다니는 몸인데 선생님을 만나서 마음으로 큰 위안이 되는 걸요."

"위안이 되긴? 다 죽은 송장이 무슨 보탬이 돼야지."

"왜 그런 말씀을 하십니까? 저는 고아이기 때문에 선생님을 아버님처럼 따르고 있는 데요."

"고맙다. 그런데 너는 왜 고아가 되었는지 모르니?"

"전혀 몰라요. 그걸 아는 사람도 없구요. 과거를 기억할 수 있는 나이가 돼 있을 때는 저 혼자 이 골목 저 골목을 떠돌아다니고 있었거든요. 그러다가 선생님을 만났어요."

"참 그렇다고 했지."

노인은 몇 번 들었던 이야기를 다시 묻고는 계면쩍게 웃었다.

"그런데 저는 선생님께서 줄타시는 것을 한 번도 못 보았습니다."

"그것도 기운이 있어야 타지. 내 한 몸 지탱하기도 힘든데 높은 줄 위에서 재주를 피울 수 있겠니?"

노인은 말을 하고는 허전한 모습을 한 채 저녁놀을 바라봤다. 그런 모습이 왠지 쓸쓸해 보이기만 했다.

"선생님은 고향이 없으셔요?"

"고향 없는 사람이 있겠니?"

"그럼 고향에 식구들도 있겠네요?"

"없어."

어느새 노인의 목소리는 가늘게 떨리고 있었다.

'고향이 있는데 왜 식구들이 없을까?'

소년은 이해가 가지 않았다. 그렇지만 더 이상 묻지 않았다.

"얘야, 나는 고향에 가도 반길 사람이 없단다. 지금은 갈 수도 없지만 말이다. 그러니 고향이 없는 네 신세와 다를 바가 없지."

"네! 고향이 어디이신데요?"

"내 고향은 함경도 개마 고원 밑이란다. 젊었을 때 징병에 끌려가기가 싫어서 고향 마을을 뛰쳐나와 줄타기를 배우면서부터 이날이때까지 떠돌이 생활이란다. 그런데 그 고향도 이제는 휴전선이 막혀 영영 갈 수도 없게 되었구나."

노인은 반은 우는 목소리로 떨며 이야기를 했다.

"결혼은 안 하셨어요?"

"결혼은 밧줄과 이 부채하고 했지."

"넷! 밧줄과 부채하고 하다니요?"

소년이 무슨 뜻인 줄 모르겠다는 표정을 지으며 다가앉았다.

"내 생활은 줄타는 게 전부였거든. 줄 위에서 춤추며 노래하고 재주를 피우면서 박수를 받느라고 결혼 같은 것은 생각도 못했지. 며칠마다 다른 마을로 떠돌아다니는 생활이니, 결혼을 해서 살림을 할 수도 없었지만 말이다."

"……."

소년은 노인의 아픈 데를 건드린 것 같아 죄스러웠다. 그래서 더 이상 묻지 않았다.

"어서 기운을 얻어 다시 줄을 타야 할 텐데……."

"줄을 다시 타시겠다구요?"

"그럼, 타야지. 타야 하고 말고. 내가 줄을 안 타면 누가 줄을 타겠니? 이제 나라 안에서 줄타기는 영영 없어지고 말게. 그러니까 내가 줄을 타고 너도 내 뒤를 이어 줄타는 것을 배워야지."

노인은 혼잣소리처럼 중얼거리며 단단한 각오를 보였다.

"이제 주무십시오. 그러면 내일은 힘을 얻으실 것입니다."

"네 말대로 자자. 자고 나서 내일 저 미루나무 사이에 밧줄을 매고 줄을 타야겠다."

"내일 타시겠다구요?"

"그래. 나는 저 미루나무를 보는 순간 거기다가 줄을 매고 타야겠다고 생각하고는 여기서 쉬자고 했지. 오늘 저녁은 따뜻한 밥도 먹었으니 내일은 멋지게 탈 수 있을 거다."

"선생님은 몹시 쇠약하신데요?"

"괜찮아. 내 몸은 내가 안단다. 의사가 따로 없는 거야. 자기가 자기 몸에 대해서는 의

사지. 저 하늘에 떠 있는 별들을 몇십 년 밤마다 이렇게 바라보지만 오늘처럼 다정해 보일 수가 없어. 저 별들이 나를 지켜 주면서 줄을 탈 수 있는 힘을 내려 줄 거야."

노인은 거적 위에 몸을 누이며 말했다.

소년도 노인 옆에 몸을 붙이고 누웠다.

눈 속으로 많은 별들이 들어와 박혔다.

이튿날 아침나절이었다. 노인은 마을에 들어가서 소매는 밧줄을 얻어다가 미루나무 사이에 맸다.

줄탄다는 소문이 금세 퍼져서 온 마을 사람들이 우르르 몰려왔다.

노인은 눈을 감고 옛날을 회상하는 듯하더니 미루나무를 타고 올랐다.

줄 위에 서서 걸어다니며 춤도 추고 노래도 불렀다. 또 높이 솟구쳤다가 내려앉으며 줄을 튕겨 그 반동으로 다시 줄 위에 사뿐히 섰다. 그리고는 부채를 펴서 흔들면서 재담을 하며 평생 익힌 재주를 다 부렸다.

어디서 그런 힘과 용기가 났는지 모를 일이었다.

마을 사람들이 감탄을 하며 박수를 쳤다.

노인은 더욱 신바람이 나서 더 높이 몸을 솟구쳤다가 밧줄에 걸터앉으며 밧줄을 튕기려고 했다. 그 순간이었다.

"앗! 저걸 어쩌나!"

마을 사람들이 동시에 비명을 질렀다.

낡은 밧줄이 끊어지면서 노인은 땅바닥으로 곤두박질을 치고 말았다.

"선생님, 정신을 차리십시오."

소년은 바가지에 물을 떠 입에 넣으며 울부짖었다.

마을 사람들도 아우성이었다.

"……."

노인은 대답이 없었다.

하지만 떨어지는 순간 몸뚱이의 빈 껍데기만 땅바닥으로 떨어졌지, 그의 영혼은 하늘나라로 긴 밧줄을 계속 타며 오르고 있었다.

남들은 천국을 모두 날아서 갔지만 노인만은 밧줄을 타고 올라갔다. 평생 동안 쓰고 다니던 빈 몸뚱이는 미련 없이 아무렇게나 내팽개친 채.

〈제2과〉

이야기 읽고 토론 내용 추리기

앞장의 창작 동화 〈마지막 줄타기〉를 읽고 친구들과 토론을 끝냈으면 그 내용을 간추려 봅시다.

1. 위 동화를 읽으면서 줄타기를 하기 위해 살아가는 노인의 삶을 짐작케 하는 부분을 잘 나타낸 곳에 밑줄을 두 개씩 그어 봅시다.

2. 우리 주위에 이 동화에 나오는 노인과 같은 삶을 살아가는 사람이 있다면 그 예를 들어 봅시다.

3. 이 글은 소년소설로, 사라져 가는 옛것을 고집스럽게 지켜 온 노인과 그것을 이으려는 소년의 이야기입니다. 이 글은 토속적인 분위기와 신비스럽고 환상적인 장면, 토박이 말의 아름다움을 느낄 수 있습니다. 그런 장면이나 말에 밑줄을 그어 봅시다.

4. 이 글의 주인공은 누구와 누구입니까?

5. 이 이야기가 펼쳐지는 곳은 어디이며, 언제 일어난 일입니까?

6. 소년의 생김새를 나타낸 부분을 옮겨 적어 봅시다.

7. 노인은 왜 결혼을 하지 않고 일생을 살았을까요?

8. 노인은 돈벌이도 되지 않는 줄타기를 왜 끝까지 하려고 했을까요? 자기 생각을 써 봅시다.

9. 노인이 떠돌이 생활을 하게 된 까닭은 무엇입니까?

독서 감상문 쓰기 실습

공부한 날
월 일

10. 노인은 왜 두 미루나무 사이에 줄을 매고 마지막 줄타기를 하려고 했을까요?

11. 소년은 노인의 어떤 재주를 배우고 싶어했나요? 왜 그랬을까요?

12. 가족과 고향에 대해 이야기하는 노인의 마음은 어떠했을까요? 그 말을 듣는 소년의 마음은 어떠했을까요?

13. 노인은 무엇 때문에 줄타기에만 매달렸을까?

14. 계절적 배경을 알 수 있는 글감은 무엇입니까?

공부한 날
월 일

15. 소년이 밥을 얻으러 마을에 들어갔을 때 소녀가 노인을 보고 〈줄타는 광대〉라고 하는 말을 듣고 기분 나빠합니다. 그것으로 보아 소년은 노인을 생각하는 마음이 어떻다고 짐작됩니까?

16. 노인이 줄을 타고 하늘까지 오르고 싶다고 한 말뜻은 무엇일까요?

17. 노인이 바지 적삼에 버선발로 줄타는 장면을 읽은 여러분은 어떤 기분이 들었습니까?

18. 힘들고 고생스러운 줄타기를 우리들은 이어가야 할까요, 말아야 할까요? 왜 그렇게 생각합니까?

19. 멋진 말로 비유해서 쓴 말들을 골라 옮겨 적어 봅시다.

20. 만약 여러분이 줄타기를 하는 노인이라면 자기의 일생에 대해 어떻게 생각하겠습니까?

21. 만약 여러분이 이 동화에 나오는 소년이라면 어떤 생각을 하고, 어떻게 행동하겠습니까?

22. 소년은 나중에 어떻게 되었을까요? 자기 짐작을 상상해서 적어 봅시다.

다음은 〈마지막 줄타기〉라는 동화의 한 부분입니다. 그 내용을 아래에 보여주는 예문같이 요약해 써 봅시다. 내용 요약 부분보다는 내 생각과 느낌을 길게, 많이 씁니다.

〈동화의 첫 부분〉

노인과 소년이 마을에 흘러든 것은 저녁 어스름이었다. 곱게 노을진 하늘에는 구름송이들이 바람에 떠밀려 흩어지고 있었다. 언뜻 보기에 두 사람은 아버지와 아들 같기도 했고, 또 달리 보면 할아버지와 손자 같기도 했다.

"얘야, 이제는 현기증이 나서 더 이상 못 걷겠구나. 날도 저물고 했으니, 오늘은 이 마을에서 쉬었다가 가기로 하자."

노인은 제멋대로 엉클어진 긴 수염을 아무렇게나 쓸며 손에 든 쥘부채를 펴서 땀을 식혔다. 손때가 묻고 땀에 절어 반들반들 윤이 나는 쥘부채지만, 그래도 펴고 보니 울긋불긋하고 화려한 게 보통 부채와는 사뭇 다른 것을 한눈에 알 수 있었다.

➜ 이 동화 첫머리에 어느 마을에 노인과 소년이 흘러들었는데, 그 노인의 손에 쥘부채가 들려 있었다고 나온다.(책 내용 요약)

➜ 나는 여기를 읽고 노인과 소년의 사이는 어떤 사이일까가 매우 궁금했다. 그래서 뒤를 더 빨리 읽어보아야겠다고 생각했다. 그리고 쥘부채가 뭔지를 몰라서 엄마한테 물어 보았더니 국어 사전을 찾아보라고 하셨다. 그래 사전을 찾아보니 쥘부채는 접었다 폈다 할 수 있게 된 부채를 말한다고 했다. 그러고 보니 여름날이면 어디서나 흔히 보던 부채였다. 나는 그것도 몰랐나 하는 생각이 들어서 괜히 창피했다.(자기 생각과 느낌)

〈동화의 중간 부분〉

노인은 눈을 지그시 감고 무언가 깊은 생각에 잠기더니, 무겁게 입을 열었다.

"내 고향은 함경도 개마 고원 밑이란다. 젊었을 때 징병에 끌려가기가 싫어서 고향 마을을 뛰쳐나와 줄타기를 배우면서부터 이날이때까지 떠돌이 생활이란다. 고향으로 가는 밧줄이 있다면, 그 밧줄 위에서 재주를 부리면서 고향에 한번 가보고 싶구나. 후유……. 하기는, 방방곡곡 마을마다 돌면서 많은 사람들한테 박수를 받았으니, 그 마을들이 다 내 고향인지도 모르지. 허허……."

노인이 쓸쓸하게 웃었다.

"가족은요?"

"가족? 내 생활은 줄타는 게 전부였지. 줄 위에서 춤추며 노래하고 재주를 피우면서 재담으로 사람을 웃기느라 결혼 같은 것은 생각할 겨를이 없었단다. 그러니 딸린 가족이 있을 리 없고, 고향에 둔 피붙이들이야 소식이 감감이고……."

노인의 목소리가 가늘게 떨렸다. 눈가에는 물기가 번졌다.

위 글을 요약해서 세 줄 정도로 써 봅시다.

앞의 요약한 내용을 읽고 자기 생각과 느낌을 다섯 줄 정도로 써 봅시다.

독서 감상문 쓰기 실습

공부한 날
월 일

〈동화의 끝 부분〉

"앗! 저걸 어쩌나!"

마을 사람들이 동시에 비명을 질렀다.

낡은 밧줄이 끊어지면서 노인은 땅바닥으로 곤두박질을 치고 말았다.

"선생님, 정신을 차리십시오."

소년은 바가지에 물을 떠 입에 넣으며 울부짖었다.

마을 사람들도 아우성이었다.

"……."

노인은 대답이 없었다.

하지만 떨어지는 순간 몸뚱이의 빈 껍데기만 땅바닥으로 떨어졌지, 그의 영혼은 하늘나라로 긴 밧줄을 계속 타며 오르고 있었다.

남들은 천국을 모두 날아서 갔지만 노인만은 밧줄을 타고 올라갔다. 평생 동안 쓰고 다니던 빈 몸뚱이는 미련 없이 아무렇게나 내팽개친 채.

〈동화의 끝 부분〉의 내용을 요약해서 세 줄 정도로 써 봅시다.

〈동화의 끝 부분〉의 내용을 읽고 자기 생각과 느낌을 다섯 줄 정도로 써 봅시다.

독서 감상문 쓰기 실습

공부한 날
월 일

〈제3과〉

독서 감상문 원고지에 직접 써 보기

앞의 내용들을 바탕으로 자기 생각과 느낌을 더 보태 독서 감상문을 원고지에 7~8장 정도 직접 써 봅시다.(원고지 첫 장은 이 내용을 본보기로 옮겨 쓴 뒤 연결해서 자기 생각을 보태 완성합니다. 이 때 학교, 학년, 이름은 바꿉니다.)

〈독서 감상문〉

우리 것을 지키려는 노인과 소년

—〈마지막 줄타기〉를 읽고—

경기도 부천 ○○ 초등 학교

제 4 학년 3 반 진달래

어제 엄마와 시장에 갔다가 서점에 들렀는데 ○학년 2학기 읽기책에 나오는 제목과 똑같은 동화집이 있기에 사서 동생과 같이 읽게 되었다.

독서 감상문 쓰기 실습

공부한 날
월 일

〈독서 감상문〉

우리 것을 지키려는 노인과 소년

—〈마지막 줄타기〉를 읽고—

초등 학교

어제

독서 감상문 쓰기 실습

공부한 날
월 일

독서 감상문 쓰기 실습

공부한 날
월 일

독서 감상문 쓰기 실습

공부한 날
월 일

잠깐 쉼터 코너 정답

공부한 날
월 일

 21쪽 문제 정답 ➔ 동살

 26쪽 문제 정답 ➔ 여우비

27쪽 문제 정답 ➔ 가랑머리

48쪽 문제 정답 ➔ 생략

어린이 논설문 · 설명문

작품 공모 요강 및 지정 원고지

■ 도서출판 그래그래 〈어린이 논설문 · 설명문 작품〉 공모 안내

"논설문 · 설명문 잘 쓰는 어린이 다 모여라!"

도서출판 그래그래는 논술의 기초를 확실히 다지는 초등 학생 글쓰기 실기 훈련 프로그램으로 글쓰(짓)기 공부를 한 어린이들 중 제1권 〈글쓰기 기초 공부〉 제2권 〈운문과 산문 쓰기〉 제3권 〈논설문 기초 공부〉 제4권 〈설명문과 논설문 쓰기〉 실기 책으로 논설문과 설명문 쓰기 공부를 한 어린이들의 우수한 논설문과 설명문을 다음과 같은 규정으로 공모합니다.

논설문과 설명문 잘 쓰는 어린이들은 많이 응모해 주시기 바랍니다.

1. 모집 분야 :
   1) 논설문 작품　　2) 설명문 작품
2. 모집 기간 :
   1) 월말 결선 : 2006년 홀수달 10일까지(우편으로 배달된 초등 학생 논설문 작품과 설명문 작품)
   2) 연말 결선 : 2006년 12월 10일까지(월말 결선에서 우수 논설문 작품과 설명문 작품으로 선정된 작품을 모아 최종 심사에 넘겨진 초등 학생 논설문 작품과 설명문 작품)
3. 작품 분량 :
   1) 논설문과 설명문 작품 : 〈설명문과 논설문 쓰기 기초 공부〉 책 126쪽 지정 원고지에 쓴 논설문 또는 설명문 작품 1편
4. 월말 결선, 연말 결선 선발 인원 및 방법
   1) 월말 결선에 뽑힌 우수 논설문 또는 설명문 작품 : 〈우수 논설문 작품상〉 또는 〈우수 설명문 작품상〉 상장 및 장학 상품 시상
      — 시상 인원 : 신바람 글쓰기 프로그램 제1권 〈글쓰기 기초 공부〉 제2권 〈운문과 산문 쓰기〉 제3권 〈논설문 기초 공부〉 제4권 〈설명문과 논설문 쓰기〉에서 가르쳐 준 설명문과 논설문의 기본 요건을 충족시키면서 틀린 곳이 없는 논설문과 설명문 작품을 홀수달 10일까지 응모한 어린이들에게는 그 다음 짝수달 10일까지 심사해 인원수에 제한 없이 〈우수 논설문과 설명문 작품상〉 상장과 함께 시상품으로 설명문과 논설문 쓰기 다음 과정을 공부할 수 있는 제5권 〈생활문과 독서 감상문 쓰기〉 실기 책을 한 권씩 우편으로 부쳐 드립니다.
   2) 연말 결선에 뽑힌 우수 논설문 또는 설명문 작품 : 〈우수 논설문 작품상〉 또는 〈우수 설명문 작품상〉 상패, 상장 및 장학 상품, 수상 작품집 시상
      — 선발 인원 : 해마다 12월부터 다음해 11월까지 〈월말 결선〉에서 〈우수 논설문 작품〉 또는 〈우수 설명문 작품〉으로 선정된 어린이들의 작품을 전문가로 구성된 심사위원회에 위촉하여 장르별로 대상 1명, 금상 2명, 은상 3명, 동상 6명, 장려 12명 등 11개 장르 264명을 선발합니다. 또, 심사가 끝나면 바로 어린이들의 논설문과 설명문 작품을 〈수상 작품집〉으로 발간해 전국의 어린이들이 이 수상 작품집을 함께 읽으며 논설문 또는 설명문 쓰기 공부를 하는데 도움이 될 수 있게끔 전국 서점을 통해 어린이들에게 공급합니다.
5. 시상 구분 및 규모 :
   ■ 작품상(1개 장르별 시상 규모)
   1) 대상 : 1명(상패 및 상품, 수상 작품집)　　2) 금상 : 2명(상패 및 상품, 수상 작품집)

3) 은상 : 3명(상패 및 상품, 수상 작품집)　　4) 동상 : 6명(상장 및 상품, 수상 작품집)

5) 장려 : 12명(상장 및 상품, 수상 작품집)

※ 작품상은 1개 장르별로 24명이 시상되며 총 시상 인원은 11개 장르(일기, 편지, 동시, 논설문 / 저학년, 설명문, 생활문, 독서 감상문, 기행문, 기록문, 보고문, 논설문 / 고학년)에서 264명을 선발합니다.

■ **지도교사상**

1) 대상 : 1명(상패 및 상품, 수상 작품집)　　2) 금상 : 2명(상패 및 상품, 수상 작품집)

3) 은상 : 3명(상패 및 상품, 수상 작품집)　　4) 동상 : 6명(상장 및 상품, 수상 작품집)

※ 선생님들께 드리는 지도교사상은 11개 장르(일기, 편지, 동시, 논설문 / 저학년), 설명문, 생활문, 독서 감상문, 기행문, 기록문, 보고문, 논설문 / 고학년)에서 입상작품을 많이 배출한 지도교사(학원 강사, 그룹 과외 선생님, 초등학교 선생님)들에게 드리는 상이며 장르 구별 없이 대상 1명, 금상 2명, 은상 3명, 동상 6명 등 총 12명을 선발합니다.

6. 원고 보낼 곳 :

1) 우편 번호 : 405-815

2) 주　　소 : 인천광역시 남동구 간석3동 919-4(도서출판 그래그래) 어린이 논설문, 설명문 담당자 앞

3) 문의 전화 : 032)463-8355(대표) / 팩스 : 032)463-8339

7. 심사 위원 및 선발 방법

1) 도서출판 그래그래가 위촉하는 초등학교 교사, 아동문학가, 시인, 소설가로 심사위원회를 구성하여 공동으로 심사하며 심사위원들은 당선작 발표와 함께 공개합니다.

8. 심사평 및 입상작 발표 일자 : 2006년 12월 20일

9. 발표지면 : 도서출판 그래그래 소식지 12월호 및 홈페이지(www.jaryowen.co.kr)

10. 시상 일자 및 장소, 수상작품집 출판 기념회

1) 시상 일자 : 2007년 1월 방학 중 셋째 토요일 오후 3시

2) 시상 장소 : 인천광역시 남동구 간석동 소재, 로얄호텔 영빈실(사정에 따라 변동될 수 있습니다)

3) 수상 작품집 출판 기념회 : 수상 작품집은 11개 장르별(일기, 편지, 동시, 논설문 / 저학년), 설명문, 생활문, 독서 감상문, 기행문, 기록문, 보고문, 논설문 / 고학년)로 단행본으로 출간하며 출판기념회 날 수상 학생, 지도 선생님, 학부모, 심사 위원, 축하객이 함께 볼 수 있게 하며 전국 서점 어디에서나 손쉽게 구입하여 학부모님들이 자녀의 논설문과 설명문 쓰기 교육에 도움이 될 수 있도록 배본합니다.

11. 공통 참고 사항

1) 11개 장르별(일기, 편지, 동시, 논설문(저학년), 설명문, 생활문, 독서 감상문, 기행문, 기록문, 보고문, 논설문 / 고학년) 응모 작품은 반드시 도서출판 그래그래가 발간한 〈**신바람 글쓰기**(전 6권)〉 프로그램 과정별 책자의 지정 겉표지와 원고지에 연필로 작성된 원고만 접수됩니다.

2) 응모 작품 끝에 주소와 연락 전화번호, 소속을 기재한 작품만 접수됩니다.

3) 응모 작품은 초등 학생에 의해 창작 또는 구술된 작품이어야 하며 재학 중인 초등 학교의 학생 명부, 의료보험증, 주민등록등본 등의 사본과 대조해 동일인이 아닐 때는 입상이 취소됩니다.

4) 입상작으로 선정된 원고와 탈락된 원고는 반환되지 않습니다. 그러므로 응모자의 원고를 보관하고 싶은 학생 또는 학부모는 미리 복사해서 보관하시기 바랍니다.

5) 입상작으로 확정되어 단행본으로 출간된 11개 장르별(일기, 편지, 동시, 논설문 / 저학년), 설명문, 생활문, 독서 감상문, 기행문, 기록문, 보고문, 논설문 / 고학년) 원고는 저작권법에 따라 도서출판 그래그래에 3년 간 출판권이 귀속됩니다.

서기 2006년 3월 1일

도서출판 그래그래

도서출판 자료원

도서출판 메세나

원고지 지정 양식 안내

■ 11개 장르별 응모 요강 및 지정 원고지 양식 안내

각 장르별 응모 요강 및 지정 원고지 양식은 **신바람 글쓰기** 프로그램 책 지정 쪽수에 인쇄해 놓은 응모작품 겉표지와 지정 원고지를 가위로 오려서 사용하면 됩니다. 이때 응모자가 주의할 점은 주소, 전화 번호, 소속을 기록하지 않은 학생의 작품은 접수되지 않습니다. 지도하는 학부모님이나 선생님은 이 점을 꼭 확인해 주십시오.

1. **일기** : 제1권 〈글쓰기 기초 공부〉 책 90쪽

2. **편지** : 제2권 〈운문과 산문 쓰기〉 책 90, 94쪽

3. **동시** : 제3권 〈논설문 기초 공부〉 책 118쪽

4. **논설문**(저학년용) : 제4권 〈설명문과 논설문 쓰기〉 책 126쪽

5. **설명문** : 제4권 〈설명문과 논설문 쓰기〉 책 126쪽

6. **생활문** : 제5권 〈생활문과 독서 감상문 쓰기〉 책 130쪽

7. **독서 감상문** : 제5권 〈생활문과 독서 감상문 쓰기〉 책 130쪽

8. **기행문** : 제6권 〈마인드 맵으로 논설문 쓰기〉 책 128쪽

9. **기록문** : 제6권 〈마인드 맵으로 논설문 쓰기〉 책 128쪽

10. **보고문** : 제6권 〈마인드 맵으로 논설문 쓰기〉 책 128쪽

11. **논설문**(고학년용) : 제6권 〈마인드 맵으로 논설문 쓰기〉 책 128쪽

〈응모 작품 겉표지〉

저의 일기 작품을 도서출판 그래그래 가 주관하는 어린이 논설문 / 저학년, 설명문 작품 공개 모집 (　　　)월 〈월말 결선〉 응모 작품으로 우송합니다.

필수 기재 사항

1. 응모 학생 주소 :

2. 연락 전화 번호 : 집 전화 번호 (　　　) —

학부모 휴대 전화 :
(없으면 적지 않아도 됩니다)

3. 재학 중인 학교 : (　　　　　　　) 초등 학교　　　　학년　　　　반

선택 기재 사항

1. 이메일 주소(없는 학생은 적지 않아도 됩니다) :

공부한 날

월 일

NO :

NO :

논설문 · 설명문 지정 원고지 양식

공부한 날
월 일

NO :

NO :

논설문 · 설명문 지정 원고지 양식

공부한 날	
월	일

NO :

NO :

논설문 · 설명문 지정 원고지 양식

공부한 날
월 일

NO :

NO :

공부한 날
월 일

NO :

NO :

논설문 · 설명문 지정 원고지 양식

공부한 날
월 일

NO :

NO :

NO :

NO :

논설문 · 설명문 지정 원고지 양식

공부한 날	
월	일

NO :

NO :

논설문 · 설명문 지정 원고지 양식

공부한 날
월 일

NO :

NO :

논설문 · 설명문 지정 원고지 양식

공부한 날
월 일

NO :

NO :

내 아이를 선생님처럼

신바람 글쓰기 제4권 〈논술 준비를 위한 설명문과 논설문쓰기〉 책 뒤에 책 속의 책으로 수록되어 있는 학생 지도 방향과 해설집은 집에서도 학부모님들이 내 아이를 선생님처럼 가르칠 수 있는 해설집입니다. 방과후 어린이를 학원이나 집 밖으로 내 보내기 싫으신 학부모님은 이 해설집을 찬찬히 읽어 보시고 집에서 내 아이를 직접 선생님처럼 지도해 보십시오. 그러면 귀댁의 어린이는 정말 몰라보게 국어 읽기와 쓰기 부문 학업 성취도가 높아질 뿐만 아니라 논리적 상상력과 언어적 표현력이 향상될 것입니다.—

신바람 글쓰기 제4권 〈논술 준비를 위한 설명문과 논설문쓰기〉 책 뒤에 책 속의 책으로 수록되어 있는 학생 지도 방향과 해설집은 집에서도 학부모님들이 내 아이를 선생님처럼 가르칠 수 있는 해설집입니다.
후 어린이를 학원이나 집 밖으로 내 보내기 싫으신 학부모님은 이 해설집을 찬찬히 읽어 보시고 집에서 내 아이를 직접 선생님처럼 지도해 보십시오. 그러면 귀댁의 어린이는 정말 몰라보게 국어 읽기와 쓰기
학업 성취도가 높아질 뿐만 아니라 논리적 상상력과 언어적 표현력이 향상될 것입니다.— 신바람 글쓰기 제4권 〈논술 준비를 위한 설명문과 논설문쓰기〉 책 뒤에 책 속의 책으로 수록되어 있는 학생 지도 방향
설집은 집에서도 학부모님들이 내 아이를 선생님처럼 가르칠 수 있는 해설집입니다. 방과후 어린이를 학원이나 집 밖으로 내 보내기 싫으신 학부모님은 이 해설집을 찬찬히 읽어 보시고 집에서 내 아이를 직접
님처럼 지도해 보십시오. 그러면 귀댁의 어린이는 정말 몰라보게 국어 읽기와 쓰기 부문 학업 성취도가 높아질 뿐만 아니라 논리적 상상력과 언어적 표현력이 향상될 것입니다.— 신바람 글쓰기 제4권 〈논술 준
위한 설명문과 논설문쓰기〉 책 뒤에 책 속의 책으로 수록되어 있는 학생 지도 방향과 해설집은 집에서도 학부모님들이 내 아이를 선생님처럼 가르칠 수 있는 해설집입니다. 방과후 어린이를 학원이나 집 밖으
보내기 싫으신 학부모님은 이 해설집을 찬찬히 읽어 보시고 집에서 내 아이를 직접 선생님처럼 지도해 보십시오. 그러면 귀댁의 어린이는 정말 몰라보게 국어 읽기와 쓰기 부문 학업 성취도가 높아질 뿐만 아니라
리적 상상력과 언어적 표현력이 향상될 것입니다.— 신바람 글쓰기 제4권 〈논술 준비를 위한 설명문과 논설문쓰기〉 책 뒤에 책 속의 책으로 수록되어 있는 학생 지도 방향과 해설집은 집에서도 학부모님들이
이를 선생님처럼 가르칠 수 있는 해설집입니다. 방과후 어린이를 학원이나 집 밖으로 내 보내기 싫으신 학부모님은 이 해설집을 찬찬히 읽어 보시고 집에서 내 아이를 직접 선생님처럼 지도해 보십시오. 그러면
의 어린이는 정말 몰라보게 국어 읽기와 쓰기 부문 학업 성취도가 높아질 뿐만 아니라 논리적 상상력과 언어적 표현력이 향상될 것입니다.— 신바람 글쓰기 제4권 〈논술 준비를 위한 설명문과 논설문쓰기〉 책
책 속의 책으로 수록되어 있는 학생 지도 방향과 해설집은 집에서도 학부모님들이 내 아이를 선생님처럼 가르칠 수 있는 해설집입니다. 방과후 어린이를 학원이나 집 밖으로 내 보내기 싫으신 학부모님은 이 해
을 찬찬히 읽어 보시고 집에서 내 아이를 직접 선생님처럼 지도해 보십시오. 그러면 귀댁의 어린이는 정말 몰라보게 국어 읽기와 쓰기 부문 학업 성취도가 높아질 뿐만 아니라 논리적 상상력과 언어적 표현력이
될 것입니다.— 신바람 글쓰기 제4권 〈논술 준비를 위한 설명문과 논설문쓰기〉 책 뒤에 책 속의 책으로 수록되어 있는 학생 지도 방향과 해설집은 집에서도 학부모님들이 내 아이를 선생님처럼 가르칠 수 있는
집입니다. 방과후 어린이를 학원이나 집 밖으로 내 보내기 싫으신 학부모님은 이 해설집을 찬찬히 읽어 보시고 집에서 내 아이를 직접 선생님처럼 지도해 보십시오. 그러면 귀댁의 어린이는 정말 몰라보게 국어
와 쓰기 부문 학업 성취도가 높아질 뿐만 아니라 논리적 상상력과 언어적 표현력이 향상될 것입니다.— 신바람 글쓰기 제4권 〈논술 준비를 위한 설명문과 논설문쓰기〉 책 뒤에 책 속의 책으로 수록되어 있는 학생
도 방향과 해설집은 집에서도 학부모님들이 내 아이를 선생님처럼 가르칠 수 있는 해설집입니다. 방과후 어린이를 학원이나 집 밖으로 내 보내기 싫으신 학부모님은 이 해설집을 찬찬히 읽어 보시고 집에서 내
를 직접 선생님처럼 지도해 보십시오. 그러면 귀댁의 어린이는 정말 몰라보게 국어 읽기와 쓰기 부문 학업 성취도가 높아질 뿐만 아니라 논리적 상상력과 언어적 표현력이 향상될 것입니다.— 신바람 글쓰기 제
〈논술 준비를 위한 설명문과 논설문쓰기〉 책 뒤에 책 속의 책으로 수록되어 있는 학생 지도 방향과 해설집은 집에서도 학부모님들이 내 아이를 선생님처럼 가르칠 수 있는 해설집입니다. 방과후 어린이를 학원
집 밖으로 내 보내기 싫으신 학부모님은 이 해설집을 찬찬히 읽어 보시고 집에서 내 아이를 직접 선생님처럼 지도해 보십시오. 그러면 귀댁의 어린이는 정말 몰라보게 국어 읽기와 쓰기 부문 학업 성취도가 높
뿐만 아니라 논리적 상상력과 언어적 표현력이 향상될 것입니다.— 신바람 글쓰기 제4권 〈논술 준비를 위한 설명문과 논설문쓰기〉 책 뒤에 책 속의 책으로 수록되어 있는 학생 지도 방향과 해설집은 집에서도
모님들이 내 아이를 선생님처럼 가르칠 수 있는 해설집입니다. 방과후 어린이를 학원이나 집 밖으로 내 보내기 싫으신 학부모님은 이 해설집을 찬찬히 읽어 보시고 집에서 내 아이를 직접 선생님처럼 지도해 보
오. 그러면 귀댁의 어린이는 정말 몰라보게 국어 읽기와 쓰기 부문 학업 성취도가 높아질 뿐만 아니라 논리적 상상력과 언어적 표현력이 향상될 것입니다.— 신바람 글쓰기 제4권 〈논술 준비를 위한 설명문과
문쓰기〉 책 뒤에 책 속의 책으로 수록되어 있는 학생 지도 방향과 해설집은 집에서도 학부모님들이 내 아이를 선생님처럼 가르칠 수 있는 해설집입니다. 방과후 어린이를 학원이나 집 밖으로 내 보내기 싫으신
모님은 이 해설집을 찬찬히 읽어 보시고 집에서 내 아이를 직접 선생님처럼 지도해 보십시오. 그러면 귀댁의 어린이는 정말 몰라보게 국어 읽기와 쓰기 부문 학업 성취도가 높아질 뿐만 아니라 논리적 상상력과
적 표현력이 향상될 것입니다.— 신바람 글쓰기 제4권 〈논술 준비를 위한 설명문과 논설문쓰기〉 책 뒤에 책 속의 책으로 수록되어 있는 학생 지도 방향과 해설집은 집에서도 학부모님들이 내 아이를 선생님처
르칠 수 있는 해설집입니다. 방과후 어린이를 학원이나 집 밖으로 내 보내기 싫으신 학부모님은 이 해설집을 찬찬히 읽어 보시고 집에서 내 아이를 직접 선생님처럼 지도해 보십시오. 그러면 귀댁의 어린이는
몰라보게 국어 읽기와 쓰기 부문 학업 성취도가 높아질 뿐만 아니라 논리적 상상력과 언어적 표현력이 향상될 것입니다.— 신바람 글쓰기 제4권 〈논술 준비를 위한 설명문과 논설문쓰기〉 책 뒤에 책 속의 책으
록되어 있는 학생 지도 방향과 해설집은 집에서도 학부모님들이 내 아이를 선생님처럼 가르칠 수 있는 해설집입니다. 방과후 어린이를 학원이나 집 밖으로 내 보내기 싫으신 학부모님은 이 해설집을 찬찬히 읽
시고 집에서 내 아이를 직접 선생님처럼 지도해 보십시오. 그러면 귀댁의 어린이는 정말 몰라보게 국어 읽기와 쓰기 부문 학업 성취도가 높아질 뿐만 아니라 논리적 상상력과 언어적 표현력이 향상될 것입니다.—

내 아이를 선생님처럼

신바람 글쓰기 제4권 〈논술 준비를 위한 설명문과 논설문쓰기〉 책 뒤에 책 속의 책으로 수록되어 있는 학생 지도 방향과 해설집은 집에서도 학부모님들이 내 아이를 선생님처럼 가르칠 수 있는 해설집입니다.
후 어린이를 학원이나 집 밖으로 내 보내기 싫으신 학부모님은 이 해설집을 찬찬히 읽어 보시고 집에서 내 아이를 직접 선생님처럼 지도해 보십시오. 그러면 귀댁의 어린이는 정말 몰라보게 국어 읽기와 쓰기
학업 성취도가 높아질 뿐만 아니라 논리적 상상력과 언어적 표현력이 향상될 것입니다.— 신바람 글쓰기 제4권 〈논술 준비를 위한 설명문과 논설문쓰기〉 책 뒤에 책 속의 책으로 수록되어 있는 학생 지도 방향
설집은 집에서도 학부모님들이 내 아이를 선생님처럼 가르칠 수 있는 해설집입니다. 방과후 어린이를 학원이나 집 밖으로 내 보내기 싫으신 학부모님은 이 해설집을 찬찬히 읽어 보시고 집에서 내 아이를 직접
님처럼 지도해 보십시오. 그러면 귀댁의 어린이는 정말 몰라보게 국어 읽기와 쓰기 부문 학업 성취도가 높아질 뿐만 아니라 논리적 상상력과 언어적 표현력이 향상될 것입니다.— 신바람 글쓰기 제4권 〈논술 준
위한 설명문과 논설문쓰기〉 책 뒤에 책 속의 책으로 수록되어 있는 학생 지도 방향과 해설집은 집에서도 학부모님들이 내 아이를 선생님처럼 가르칠 수 있는 해설집입니다. 방과후 어린이를 학원이나 집 밖으
보내기 싫으신 학부모님은 이 해설집을 찬찬히 읽어 보시고 집에서 내 아이를 직접 선생님처럼 지도해 보십시오. 그러면 귀댁의 어린이는 정말 몰라보게 국어 읽기와 쓰기 부문 학업 성취도가 높아질 뿐만 아니라
리적 상상력과 언어적 표현력이 향상될 것입니다.— 신바람 글쓰기 제4권 〈논술 준비를 위한 설명문과 논설문쓰기〉 책 뒤에 책 속의 책으로 수록되어 있는 학생 지도 방향과 해설집은 집에서도 학부모님들이
이를 선생님처럼 가르칠 수 있는 해설집입니다. 방과후 어린이를 학원이나 집 밖으로 내 보내기 싫으신 학부모님은 이 해설집을 찬찬히 읽어 보시고 집에서 내 아이를 직접 선생님처럼 지도해 보십시오. 그러면
의 어린이는 정말 몰라보게 국어 읽기와 쓰기 부문 학업 성취도가 높아질 뿐만 아니라 논리적 상상력과 언어적 표현력이 향상될 것입니다.— 신바람 글쓰기 제4권 〈논술 준비를 위한 설명문과 논설문쓰기〉 책
책 속의 책으로 수록되어 있는 학생 지도 방향과 해설집은 집에서도 학부모님들이 내 아이를 선생님처럼 가르칠 수 있는 해설집입니다. 방과후 어린이를 학원이나 집 밖으로 내 보내기 싫으신 학부모님은 이 해
을 찬찬히 읽어 보시고 집에서 내 아이를 직접 선생님처럼 지도해 보십시오. 그러면 귀댁의 어린이는 정말 몰라보게 국어 읽기와 쓰기 부문 학업 성취도가 높아질 뿐만 아니라 논리적 상상력과 언어적 표현력이
될 것입니다.— 신바람 글쓰기 제4권 〈논술 준비를 위한 설명문과 논설문쓰기〉 책 뒤에 책 속의 책으로 수록되어 있는 학생 지도 방향과 해설집은 집에서도 학부모님들이 내 아이를 선생님처럼 가르칠 수 있는
집입니다. 방과후 어린이를 학원이나 집 밖으로 내 보내기 싫으신 학부모님은 이 해설집을 찬찬히 읽어 보시고 집에서 내 아이를 직접 선생님처럼 지도해 보십시오. 그러면 귀댁의 어린이는 정말 몰라보게 국어
와 쓰기 부문 학업 성취도가 높아질 뿐만 아니라 논리적 상상력과 언어적 표현력이 향상될 것입니다.— 신바람 글쓰기 제4권 〈논술 준비를 위한 설명문과 논설문쓰기〉 책 뒤에 책 속의 책으로 수록되어 있는 학생
도 방향과 해설집은 집에서도 학부모님들이 내 아이를 선생님처럼 가르칠 수 있는 해설집입니다. 방과후 어린이를 학원이나 집 밖으로 내 보내기 싫으신 학부모님은 이 해설집을 찬찬히 읽어 보시고 집에서 내
를 직접 선생님처럼 지도해 보십시오. 그러면 귀댁의 어린이는 정말 몰라보게 국어 읽기와 쓰기 부문 학업 성취도가 높아질 뿐만 아니라 논리적 상상력과 언어적 표현력이 향상될 것입니다.— 신바람 글쓰기 제
〈논술 준비를 위한 설명문과 논설문쓰기〉 책 뒤에 책 속의 책으로 수록되어 있는 학생 지도 방향과 해설집은 집에서도 학부모님들이 내 아이를 선생님처럼 가르칠 수 있는 해설집입니다. 방과후 어린이를 학원
집 밖으로 내 보내기 싫으신 학부모님은 이 해설집을 찬찬히 읽어 보시고 집에서 내 아이를 직접 선생님처럼 지도해 보십시오. 그러면 귀댁의 어린이는 정말 몰라보게 국어 읽기와 쓰기 부문 학업 성취도가 높
뿐만 아니라 논리적 상상력과 언어적 표현력이 향상될 것입니다.— 신바람 글쓰기 제4권 〈논술 준비를 위한 설명문과 논설문쓰기〉 책 뒤에 책 속의 책으로 수록되어 있는 학생 지도 방향과 해설집은 집에서도
모님들이 내 아이를 선생님처럼 가르칠 수 있는 해설집입니다. 방과후 어린이를 학원이나 집 밖으로 내 보내기 싫으신 학부모님은 이 해설집을 찬찬히 읽어 보시고 집에서 내 아이를 직접 선생님처럼 지도해 보
오. 그러면 귀댁의 어린이는 정말 몰라보게 국어 읽기와 쓰기 부문 학업 성취도가 높아질 뿐만 아니라 논리적 상상력과 언어적 표현력이 향상될 것입니다.— 신바람 글쓰기 제4권 〈논술 준비를 위한 설명문과
문쓰기〉 책 뒤에 책 속의 책으로 수록되어 있는 학생 지도 방향과 해설집은 집에서도 학부모님들이 내 아이를 선생님처럼 가르칠 수 있는 해설집입니다. 방과후 어린이를 학원이나 집 밖으로 내 보내기 싫으신
모님은 이 해설집을 찬찬히 읽어 보시고 집에서 내 아이를 직접 선생님처럼 지도해 보십시오. 그러면 귀댁의 어린이는 정말 몰라보게 국어 읽기와 쓰기 부문 학업 성취도가 높아질 뿐만 아니라 논리적 상상력과
적 표현력이 향상될 것입니다.— 신바람 글쓰기 제4권 〈논술 준비를 위한 설명문과 논설문쓰기〉 책 뒤에 책 속의 책으로 수록되어 있는 학생 지도 방향과 해설집은 집에서도 학부모님들이 내 아이를 선생님처
르칠 수 있는 해설집입니다. 방과후 어린이를 학원이나 집 밖으로 내 보내기 싫으신 학부모님은 이 해설집을 찬찬히 읽어 보시고 집에서 내 아이를 직접 선생님처럼 지도해 보십시오. 그러면 귀댁의 어린이는
몰라보게 국어 읽기와 쓰기 부문 학업 성취도가 높아질 뿐만 아니라 논리적 상상력과 언어적 표현력이 향상될 것입니다.— 신바람 글쓰기 제4권 〈논술 준비를 위한 설명문과 논설문쓰기〉 책 뒤에 책 속의 책으
록되어 있는 학생 지도 방향과 해설집은 집에서도 학부모님들이 내 아이를 선생님처럼 가르칠 수 있는 해설집입니다. 방과후 어린이를 학원이나 집 밖으로 내 보내기 싫으신 학부모님은 이 해설집을 찬찬히 읽
시고 집에서 내 아이를 직접 선생님처럼 지도해 보십시오. 그러면 귀댁의 어린이는 정말 몰라보게 국어 읽기와 쓰기 부문 학업 성취도가 높아질 뿐만 아니라 논리적 상상력과 언어적 표현력이 향상될 것입니다.—

신바람 글쓰기 논술의 기초를 확실히 다지는 초등 학생 글쓰기 실기 훈련 프로그램입니다.

이경자 · 이동렬 함께 지음

4 중급

높은반 용

6권 중 제4권

논술 준비를 위한

설명문과 논설문 쓰기

내 아이를 선생님처럼 가르칠 수 있는

학생 지도 방향

책 속의 책

해설 · 해답집

그레그레

이 책을 쓰신

이경자 선생님은

인천 교육 대학을 졸업한 후 24년 간 초등 학교 선생님으로 근무하면서
글쓰(짓)기를 지도해 오셨습니다.
그동안 지은 책으로는 「1학년 글짓기」, 「글짓기 워크북(공저)」 등이 있고,
현대 백화점 부평점, 애경 백화점 문화 센터 등에서
여러 해 동안 어린이들에게 글쓰기를 가르쳐 주신 선생님입니다.

이동렬 선생님은

어린이들에게 재미있는 글을 많이 많이 지어 주신 유명한 동화 작가입니다.
경기도 양평에서 태어나서 인천 교육 대학과 경원 대학 경영 대학원을 졸업하고
초등 학교 선생님, 교육 전문지 기자, 출판사 편집장을 거쳐
현재는 장안대학 문예 창작과 겸임 교수로 재직하고 계십니다.
『한국일보』 신춘 문예에 동화가 당선되어 문단에 등단하셨으며 그동안 지은 책으로는
「눈높이 글짓기 교실 ① ② ③」, 「신바람 나는 글쓰기 교실(초급 · 고급)」,
「논리 · 토론 · 논술 열 세 마당」 등이 있고,
6-2 읽기 교과서에 동화 「마지막 줄타기」 등이 수록되어 있습니다.
그동안 지은 동화책으로는 「워리와 벤지」, 「꾸러기 탐험대」, 「서울에 온 백두산표범나비」,
「씨, 씨, 씨를 뿌려요」, 「자연과 함께해요」가 있습니다.

그림을 그려 주신

채윤남 선생님은

서울 대학교 응용 미술과를 졸업하고 1965년부터 일러스트 작가 · 만화가 ·
제품 디자이너로 활동하며 지금까지 800여 권의 단행본을 저작하셨습니다.
(주)사무엘 중소기업 수출 업체 사장님으로 근무하며
현재는 외국에서 활동하고 계십니다.

조희정 선생님은

1978년 전주에서 출생하여 전남대학교 예술대학 미술학과를 졸업한 후,
함평 장애인직업전문학교 애니메이션과 강사, 전남대학교 홍보만화 제작,
동신대학교 홍보 책자 삽화 제작, 태평양 사내 화보 삽화를 제작했습니다.
현재, 캐릭터 디자이너 겸 동화 일러스트레이터 프리랜서로 활동하고 있습니다.

도서 출판 고래고래 편집부 알림

제4권 | 중급 · 높은반 용

내 아이를 선생님처럼 가르칠 수 있는

학생 지도 방향과 해설 · 해답

9월의 주제 — 초가을(동시 · 생활문 · 설명문쓰기)

10~24쪽 해설

학생 지도 방향

1. 여기서는 사계절 중 초가을에 볼 수 있는 현상 따위를 소재로 해서 동시 쓰기와 생활문, 그리고 설명문 쓰기에 대해서 좀더 깊이 공부하도록 꾸몄습니다.
2. 해답은 한 예에 지나지 않으므로 유형만 참조하시기 바랍니다. 실제 작품은 학생에 따라 다 다르게 나올 수 있으며, 또 그래야 합니다.

해답 11쪽 해답

1연 : 여름이 가고 가을이 옴.
2연 : 사과가 제일 먼저 익음.
3연 : 고추와 꽈리도 익음.
4연 : 은행잎의 인사.
5연 : 인사하지 않는 소나무.
6연 : 가을의 인사.

13쪽 해답

벼가 익고, 과일이 익어 간다거나, 하늘이 파랗고 높다거나,
온산이 울긋불긋 단풍이 들었다는 식으로 쓰면 되겠음.

16쪽 해답

제목 : 가을 산

앞 부분
❶ 가을 산을 쳐다보니 아름답게 단풍이 들었음.
❷ 우리는 단풍 색깔을 보고 나무 이름을 알아맞추려고 함.
❸ 산에 가서 단풍잎을 모으기로 함.

가운데 부분
❶ 빨갛게 물든 것은 단풍나무임.
❷ 연주황은 참나무들과 밤나무임.
❸ 단풍잎을 주워 꾸미기 놀이를 하기로 함.
❹ 우리는 배, 집, 사람 등을 단풍잎을 붙여서 꾸밈.

끝 부분 ❶ 누구 것이 제일 잘했나 시합함.
❷ 영민이가 최고로 잘했음.
❸ 나는 서운했지만 즐거운 시간을 보낸데 후회가 없음.

해답

17쪽 해답 ➔ 앞의 얼개도 대로 실감나게 글을 쓰게 함.

해답

22쪽 해답 ➔ 여기서 어떤 유형을 밝힐 수는 없으니 각자 보고 느낀 대로 메모했으면 됨.

해답

24쪽 해답 ➔ (보는 이에 따라 조금 다를 수도 있음.)

첫번째 문제 : 건원릉, 정자각, 목릉, 현릉, 숭릉, 태릉, 광릉.
두번째 문제 : 정자각, 다람쥐, 도토리, 물 흐르는 경치, 벼가 익은 벌판.

해답

29쪽 해답의 한 유형

가족은 서로 핏줄을 나눈 사이로 소중한 사람들이다. 가족끼리는 서로 사랑하며 돕고, 다른 사람에게 대항하며 사는 사람들이다.

우리 가족은 아빠, 엄마, 오빠, 나 이렇게 네 명이다. 우리 가족은 항상 즐겁게 살려고 서로 노력한다. 집 식구 중에서 누구 생일이 되거나 기분이 좋은 날은 가족이 다 모이는 저녁에 밖에 나가 음식을 많이 사먹는다.

우리 아빠는 아침마다 일을 하러 나가신다. 우리는 자다가도 아빠 나가신다고 하면 벌떡 일어나

"아빠, 안녕히 다녀오세요!"

하고 인사를 한다.

그러면 아빠는 좋아서 빙그레 웃으시면서

"그래, 너희들도 오늘 공부 열심히 하고 말 잘 들어라."

하신다.

우리 아빠가 하시는 일은 개인 용달이다. 용달이란 차로 남의 물건을 배달해 주고 삯을 받는 직업을 말한다. 그래서 우리 아빠는 무척 바쁘시다.

우리 아빠는 나를 무척 좋아하신다.

"나는 우리 슬비가 제일 좋단다."

하시면서 내 뺨에 뽀뽀를 해 주시곤 한다.

그런데 아빠는 술을 많이 드신다. 어떤 날은 차를 두고 술을 드시느라 너무 늦게 오실 때가 있다. 그래서 잠이 부족하시다. 그러다가 사고가 날까 봐 겁이 난다.

엄마는 예전에 종이접기를 하셨다. 그래서 지금도 종이접기를 잘 하신다. 종이가 엄마 손에 들어가 몇

번 접히면 개구리도 되고 꽃도 된다. 참 신기하다는 생각이 든다.
 우리 엄마는 무척 부지런하시다. 새벽 두세 시부터 일어나 신문 배달을 하신다. 그래서 엄마는 몇 시간밖에 주무시지 못한다. 하지만 낮에 낮잠을 주무시는 것을 보지 못했다. 낮에도 일을 하신다.
 우리 집안 청소를 하고, 우리들의 빨래를 하신다. 또한 반찬을 만들고 우리의 밥을 해결해 주신다. 그래서 잠시도 쉴 짬이 없으시다.
 우리 가족 중에 오빠는 중1이다. 나는 오빠에게
 "오빠, 이 문제는 어떻게 풀어? 그리고 이 숙제는 어떻게 해야 돼?"
하고 물으면,
 "그거? 그거는 이렇게 해. 알았지?"
라며 친절하게 가르쳐 준다.
 오빠는 컴퓨터 하는 것을 좋아한다. 우리 집에서 컴퓨터를 제일 잘 하는데, 자기 친구들 사이에서도 제일 잘한다고 자랑이 대단하다.
 우리 오빠는 공부도 잘하는데, 여러 과목 중에서도 과학을 제일 잘한다. 오빠는 과학에 만점을 꼭 받을 뿐만 아니라, 과학 경시 대회에 나가서 상을 받아 오기도 했다. 그래서 이 다음에 과학자가 될 거라고 한다.
 나는 신촌 초등 학교 3학년에 다니고 있다. 우리 가족 중에서 제일 막내다. 나는 그림 그리기가 제일 재미있다. 그래서 내 장래 희망은 만화가이다. 나는 집에 혼자 있을 때는 만화 연습을 한다.
 나에게 가장 친한 친구는 '수빈' 이다. 수빈이와는 2년째 한 번도 싸우지 않았다. 앞으로도 지금처럼 사이좋게 지내려고 한다.
 우리 가족은 평범하면서도 행복한 가족이다.

10월의 주제 — 여행(기행문)

34~36쪽 해설

해설

학생 지도 방향

1. 어린이들이 글을 길게 쓰지 못하는 원인 중에 가장 큰 게 대화체를 구사하지 못한다는 것입니다. 그래서 여기서는 짧은 사건 위주의 글에 대화글을 넣어 글을 부드럽게 하면서 실감나게 쓰도록 꾸몄습니다. 지도자는 이에 중점을 두고 같이 대화글을 만들어 넣는 지도를 하시기 바랍니다.
2. 이렇게 대화글을 넣어 글을 부드럽고 실감나게 쓸 수 있도록 기초 공부를 한 뒤, 기행문을 쓰는 법을

살펴보도록 했습니다.
3. 기행문을 쓸 때는 어떤 특징을 잡아서 글을 서사적으로 전개시켜야 기행문의 특성이 드러난다는 점을 염두에 두고 지도해 주십시오. 그렇지 않으면 생활문이 되기 쉽습니다.

해답

35쪽 해답

❶ "한울아, 너 메밀꽃을 아니?"
❷ "아니오, 몰라요. 메밀꽃이 어떻게 생긴 꽃인데요?"
❸ "네가 서 있는 앞에 하얗게 피어 있는 꽃이 바로 메밀꽃이야."

해답

36쪽 해답 ➔ 생략

37~40쪽 해설

해설

학생 지도 방향

1. 어린이들에게 동시를 쓰라면 생활문을 연만 나눈 것처럼 길게 써 놓는 경우가 많습니다.
그런 글을 자세히 보면 필요 없는 말이 많습니다. 여기서는 그런 말을 다 빼내어 짧으면서도 할 말은 다하는 동시 지도가 되게 했습니다.

해답

38쪽 해답

1연 : 오대산, 불나다, 단풍불.
2연 : 가을불, 산꼭대기, 골짜기로 내려 탐.
3연 : 월정사, 상원사, 모두 탄다, 등산객도 탄다.
4연 : 불자동차, 불러야겠다, 헬리콥터.

해답

39쪽 해답 ➔ 앞에 있는 동시를 보고 중심말을 추려 자기 나름대로 다시 동시를 짓게 하세요.
설명하는 말과 필요 없는 말을 버리고 줄이면 됨.

41~50쪽 해설

학생 지도 방향

1. 어린이들이 편지 쓰기는 부담을 느끼지 않습니다. 그런데 휴대폰 문자 보내기, 컴퓨터 채팅 등의 영향으로 실제 써 놓은 편지글을 보면 은어 · 비어 · 속어뿐만 아니라 거의 말장난에 가까운, 또래들끼리나 통하는 암호나 기호에 가까운 말을 주고 받으며 그런 것이 마치 자랑이나 되는 것처럼 잘 잘못을 모르고 어문(말하기와 글쓰기) 생활을 하는 어린이가 많습니다. 지도자 선생님들께서는 이런 점을 분명하게 지적해 주시고 잘못되었다는 점을 어린이가 알 수 있도록 지도해 주시기 바랍니다.
2. 그 다음 편지 내용은 그런데로 잘 쓰는데 봉투 쓰기를 못하는 어린이가 많습니다. 이 점 유념해 편지 봉투 쓰기와 우편 엽서 쓰기도 세 살 버릇 여든까지 갈 수 있게끔 규격과 격식에 맞게 쓰도록 지도해 주시기 바랍니다.

43쪽 해답의 한 유형

내 짝꿍 영미에게

영미야, 온 산이 모두 울긋불긋하게 단풍이 든 가을이야. 이곳에 나와 보니 마치 하늘나라 사람들이 밤에 몰래 산마다 다니면서 물감 놀이를 한 느낌이란다.

이런 가을철에 너는 어디 여행이라도 갔니? 어제 헤어질 때까지 오늘 무얼 한다는 이야기를 듣지 못해 몹시 궁금하구나.

나는 지금 외삼촌 댁 식구들과 백복령이라는 태백산맥을 넘는 산마루에 와 있단다.

백복령이 어디냐고?

이곳은 강원도 동해시에서 정선군으로 넘어가는 태백산맥 줄기 꼭대기야. 나도 잘 모르는데 아빠가 지도를 보고 가르쳐 주셨어.

우리는 여기 휴게소 뒷마당에다 버너 불을 피워놓고 동해시에서 사온 오징어로 가족 파티를 하고 있어.

너는 오늘 무엇을 하고 지냈니? 나는 이렇게 여행을 하는데 말이야.

여행하면서 보고 들은 재미있는 이야기는 내일 학교에서 만나면 해 줄게.

지금은 괜히 너한테 편지가 쓰고 싶어서 서 보는 거야. 이 편지를 정선이나 평창에 내려가는 대로 부칠 거야.

하긴 이 편지보다는 내가 너를 더 먼저 만나겠구나. 히히힛!

그럼 내일 만날 때까지 잘 있어.

안녕!

2005년 11월 5일

최한울 씀

11월의 주제 — 학예회(편지쓰기)

46~50쪽 해설

해설

학생 지도 방향

1. 초대 편지 쓰기는 초대 편지를 ①누구에게 보낼 것인가? ②초대 편지를 보내는 분명한 까닭, ③초대하는 장소, ④날짜와 시간, ⑤초대하는 사람이 누군가를 분명하게 밝히며 다른 안부 편지처럼 길게 쓰지 않는다는 것이 특징입니다. 이런 점을 어린이들이 쉽게 이해할 수 있도록 학년과 지식 습득 정도에 따라 적절하게 맞춰가며 지도해 주십시오.

해답

49쪽 해답 ➔ 보내는 사람과 받는 사람의 위치가 바뀌어 있습니다.

51~53쪽 해설

해설

학생 지도 방향

1. 어린이들에게 글을 쓰라면 틀리는 글자가 많이 나옵니다. 이는 실수로 잘못 쓰는 경우도 있지만 문법의 기초를 제대로 익히지 못한 결과이기도 합니다. 이는 어른도 정도의 차이는 있지만 마찬가집니다. 여기서는 어린이들이 많이 틀리는 말들을 다루기로 하였습니다. 하나하나 챙기면서 바른 글쓰기가 되도록 지도 바랍니다.

해답

52쪽 해답 ➔ 53쪽 〈잠깐만 도우미〉에 있습니다.

54~57쪽 해설

해설

학생 지도 방향

1. 논설문 쓰기에서 가장 중요한 것은 얼개 짜기입니다. 논설문에는 서론 · 본론 · 결론에 들어가야 할 글의 성격이 정해져 있기 때문입니다. 얼개 짜기가 다 됐으면 한 70% 정도는 다 쓴 거나 마찬가지로 봐야 합니다. 지도하실 때 이런 점에 유의해서 지도하기 바랍니다.

해답

57쪽 해답의 한 유형

주장 : 학예회를 열어 추억을 만들자.

그렇게 주장하는 이유
첫째, 어릴 때의 추억은 평생 가기 때문이다.
둘째, 협동 정신을 기를 수 있기 때문이다.
셋째, 그동안 배운 것을 정리할 수 있기 때문이다.

실천 방안
우선, 우리가 가장 보여드리고 싶은 것을 고르자.
그리고, 부모님들이 보고 좋아하실 것을 고르자.

끝으로, 어른들의 추억을 떠올릴 만한 것을 고르자.

해답

58쪽 해답의 한 유형(위 얼개도를 가지고 쓴 글)

학예회를 열어 추억을 만들자

11월은 한 학년으로 치면 거의 마무리 단계에 접어들었다고 할 수 있다. 우리는 일 년 동안 담임 선생님 지도로 많은 과목의 공부를 배웠다. 그 중에는 여러 사람이 신이 나서 공부한 것도 있고, 다른 사람에게 보여 주고 싶은 것도 있을 것이다.

요즘 어린이 신문을 보면 학예회를 열어서 그동안 배운 재주를 여러 학부모님들에게 보여 주는 기사가 많이 소개되고 있다. 나는 오늘 아침 그런 기사를 OO 어린이 신문에서 보고, 우리 학교도 학예회를 했으면 좋겠다는 생각이 들었다. 우리 학교뿐이 아니고 다른 여러 학교에서 학예회를 열었으면 한다.

내가 그렇게 주장하는 이유는

첫째, 어릴 때의 추억은 평생 가기 때문이다.

집에서 가끔 어머니와 아버지는 어릴 때 있었던 추억 이야기를 많이 하는 것을 들었다. 운동회와 학예회 이야기를 가장 많이 한다. 그러면서 마치 자기가 어린이가 된 것처럼 행동하고 말하면서 지금도 좋아하는 것을 보면 추억은 평생 간다고 할 수 있다. 그러므로 우리도 어릴 때인 지금 추억거리를 많이 만들어서 이 다음에 어른이 되었을 때 즐겨야 한다고 생각한다.

둘째, 협동 정신을 기를 수 있기 때문이다.

학예회의 한 프로그램을 한 반에서 한다고 칠 때 반 학생이 모두 협심하지 않으면 안 된다. 그러므로 학예회를 하면 어떤 프로그램을 하던지 그 반의 협동심은 저절로 길러질 것이다. 평소 협동하지 않던 아이들도 다른 아이가 지적을 하기 때문에 협동심을 발휘할 수밖에 없다고 생각한다.

셋째, 그동안 배운 것을 정리할 수 있기 때문이다.

학예회를 하려면 그동안 배운 공부 중에서 보여주고 싶은 것을 택해 연습을 해야 한다. 그러므로 저절로 배운 것을 정리할 수밖에 없어 복습 공부가 저절로 되어 '알 먹고 꿩 먹고' 가 된다.

그런데 학예회를 잘 하려면 어떻게 해야 할까? 그 방법을 살펴보면

우선, 우리가 가장 보여드리고 싶은 것을 고르자.

우리가 공부한 것 중에서 가장 보여주고 싶은 것은 제일 자신 있게 잘할 수 있다는 이야기다. 그러므로 가장 보여주고 싶은 것을 골라 하면 된다고 생각한다.

그리고 부모님들이 보고 좋아하실 것을 고르자.

우리와 부모님들과는 나이 차이가 많이 나서 생각하는 것도 다를 수 있다고 본다. 그래서 우리가 좋아하는 것만을 프로그램으로 선택할 때는 부모님들이 재미 없을 수도 있다. 그렇기 때문에 부모님들이 좋아할 만한 종목을 선택하도록 해야 한다.

끝으로, 어른들의 추억을 떠올릴 만한 것을 고르자.

어른들이 자기네 추억을 떠올릴 만한 내용을 선택하는 게 좋다고 생각한다. 예를 들면 고전 무용이나, 우리 전통 놀이 등이다. 제기차기나 고무줄놀이 같은 것을 하면 부모님들이 자기 어렸을 때 하던 것이라 옛 추억에 잠기게 될 것이다. 그래서 아주 좋아할 것이라고 생각한다.

우리는 평생을 두고 추억에 잠길 수 있고, 그 추억으로 인해 서로 우정을 다질 수 있는 학예회를 열어야 한다. 그래서 서로 협동 정신도 기르는 기회로 삼고, 일 년 동안 배운 공부를 정리하는 행사로 삼아야 한다.

보여 줄 종목을 정할 때는 우리가 가장 보여 주고 싶은 것을 고르자. 또 어른들이 좋아할 만한 것으로 정하고, 어른들의 옛 추억을 떠올릴 만한 내용으로 정하는 것이 좋다.

우리가 학예회를 하자면 번거롭고 힘들겠지만 그것도 지나고 나면 다 아름다운 추억이 될 것이다. 그러므로 누구나 다 학예회에 참여하여 평생의 추억을 갖도록 하자. 그러면 우리는 물론 어른들도 좋아할 것이라고 믿는다.

62~73쪽 해설

학생 지도 방향

1. 어린이들은 글을 빨리 쓰면 그게 장원감인 줄 알고 있는 경우가 많습니다. 그래서 글 고치기인 퇴고는 전혀 하려 들지 않습니다. 그래서는 좋은 글을 쓸 수가 없습니다. 지도하시는 분들은 글의 초고가 다 되면 반드시 퇴고를 하게 만들어야 합니다.

해답 64쪽 해답

❶ 총연습
❷ 나는 노래를 잘 부르지 못해서 합창부에 들어가 활동하고 있다.
❸ 며칠
❹ 겁이
❺ 겁을
❻ 합창부는 선생님이 모이라는 장소에는 없고 열린 교실에 모여 있었다.
❼ 합창부 선생님은 우리를 꽤 많이 찾으셨다.
❽ 아주 놀랐다.
❾ 시간이 조금 지나자
❿ 총연습하는 쪽으로 뛰어갔다.

12월의 주제 — 겨울(논설문쓰기❶)

67~69쪽 해설

학생 지도 방향

1. 객관식 문제처럼 단답이 나올 수 없는 문항입니다.
2. 보는 관점과 생각하는 방향에 따라 여러 개의 답이 나올 수 있습니다. 한 문장씩 꼼꼼하게 살펴보며 ①높이는 말, ②조사, ③시제, ④서사적 전개법, ⑤표준어 사용 등에 주의 하도록 하면서 끝까지 고쳐 보도록 합니다.

69쪽 해답의 한 유형

자랑스러운 우리 엄마

제4학년 김윤경

추운 겨울이 되면 먼저 생각나는 일이 있다. 우리 엄마의 뒤늦은 대학 졸업식장에 갔던 일이 그것이다.

엄마께서는 젊었을 때 대학교를 못 나왔다고 하셨다. 외가의 집안 형편이 어려워 큰딸인 큰이모께서만 나오셨다고 한다.

엄마의 형제는 5남매지만 둘째이신 우리 엄마께서도 대학을 가지 못하셨단다. 그래서 내가 일곱 살 때부터 방송대학교 국어국문학과에 들어가 공부하게 되셨다.

대학생이 된 엄마는 낮에는 물론 밤에도 늦게까지 공부하다가 새벽이 돼서야 주무시곤 했다. 그런 덕분에 장학금을 타서 학비 걱정을 더셨다.

나는 어려서는 잘 몰랐는데 이런 엄마가 너무 자랑스러웠다.

그런 엄마가 작년 겨울에 졸업을 하셨다. 졸업식장에 축하해 주신다고 친척들이 와 주셨다. 나와 우리 가족도 기쁜 마음으로 방송대학교 졸업식장에 갔다. 졸업식은 OO에서 열렸다.

엄마께서도 다른 분들과 같이 졸업할 때 쓰는 사각모를 쓰고, 검정 가운을 입으셨다. 그 모습이 너무 멋지고 학자 같이 근엄해 보였다.

졸업식장에는 많은 사람들이 와서 몹시 붐볐다. 우리 가족은 잠시 한눈을 팔다가 두 패로 갈리어 서로 찾는 신세가 되었다.

"아빠, 언니와 할머니가 저쪽에 계실지 모르니까 저리로 가 봐요."

"서로 찾으러 다니다가 길이 더 어긋나면 어쩌려고? 그냥 여기 서서 지나가는 사람들만 잘 살펴 봐라."

"너희들은 할아버지와 여기서 꼼짝 말고 서 있어. 아빠가 찾아 볼 테니까."

아빠가 우리를 그 자리에 서 있으라고 하고는 저쪽으로 가셨다. 하지만 이내 찾지 못하고 돌아오셨다.

"엄마!"

"할머니!"

나와 동생은 손나팔을 만들어 입에 대고 사방을 향해 크게 소리쳤다. 하지만 헛일이었다.

"언니, 큰언니 우산이 주황색이니까 그 우산을 찾아보자."

"맞다!"

우리는 주황색 우산을 찾으려고 이리저리 걸어 다니면서 우산을 살폈다.

"어! 저기 저 사람은 누나 아니야?"

동생이 갑자기 소리쳤다.

"어디?"

나는 눈을 더 크게 뜨고 동생이 가리키는 곳을 쳐다보았다.

"정말 맞네!"

나는 기쁜 마음에 크게 소리쳤다.

"아빠, 저기 엄마하고 사촌 누나가 있어요!"

동생이 아빠 손을 잡아 흔들면서 소리쳤다.

"휴!"

안도의 한숨이 저절로 새어나왔다.

드디어 엄마의 졸업식이 시작되었다. 수많은 졸업생이 다 엄마와 똑같은 예복을 입고 의자에 앉았다. 순서에 의해 졸업장이 주어지자, 작은고모께서는 프리지아로 만든 화사하고 큰 꽃다발을 우리 엄마께 선물로 드렸다. 꽃다발을 받아든 엄마가 눈물을 보이면서 웃으셨다. 무척 기쁜 것 같았다. 우리는 박수를 보냈다. 언니, 나, 동생은 선물은 못 샀지만 우리의 마음을 선물했다.

졸업식이 끝나고 돌아오는 길에 눈을 맞으며 온 가족이 모두 졸업 기념 사진을 찍었다.

"하나, 둘, 셋, 찰칵!"

그때 찍은 사진은 앨범에 아직도 여러 장 남아 있다. 그 사진은 계속 보관하면서 보고 싶다.

나는 남들은 대학을 못 나왔어도 그냥 생활하는데, 공부에 욕심이 많아서 대학교를 다니면서 장학금까지 타신 엄마가 자랑스럽다. 나도 엄마를 본받아서 공부도 더 열심히 해야겠다는 생각이 들었다.

74~88쪽 해설

해설

학생 지도 방향

1. 논설문의 기초로 감상 및 특징, 서론과 본론, 그리고 결론에 들어가야 할 요소들을 익히게 꾸몄습니다. 지도자들은 이 논설문뿐 아니라 모든 장르가 그 글의 특성이라 할 수 있는 성격을 잘 알도록 지도해야 되겠습니다.

해답 77쪽 해답 ➔ 75쪽 얼개도 대로 썼는가를 보면서 그렇지 않거나 부족한 곳을 표시해 둡니다. 그런 후 자기 생각을 더 보태 논리가 서는 보조 설명을 더 붙인 글이면 좋습니다.

1월의 주제 — 겨울 방학(논설문쓰기❷)

85~94쪽 해설

해설

학생 지도 방향

1. 이 단원에서는 앞에서 살펴본 논설문 쓰는 법을 더욱 심화시키는 과정입니다. 앞에서도 말했지만 논

설문이란 자신의 생각과 주장을 논리적으로 밝히는 과정입니다. 그러므로 ①무엇을 논해야 될 것인가? 하는 주제가 잡히면 서론 · 본론 · 결론에서 논해야 할 내용들을 얼개도에서 나누어 정리하게 한 다음 글 쓰는 어린이의 생각과 주장이 분명하게 나타나도록 쓰게 합니다.

2. 그렇지만 글이라는 것이 생각한 대로 쉽게 써지지가 않습니다. 처음에는 앞에서 배운 과정과 과정마다 나오는 〈잠깐만 도우미〉 내용과 〈보기 글〉을 여러 차례 읽어 보면서 비슷하게 따라 하도록 지도합니다. 비슷하게 흉내내기나 모방도 여러 번 횟수를 더하다 보면 어느 시점부터는 그것이 창의력으로 변한다는 사실을 지도자 선생님들은 유념하시면서 여유를 갖고 어린이들을 지도해 주십시오.

해답

90쪽 해답 ➔ 91쪽 자세하게 쓴 글을 읽어 보고, 각자 대화글과 묘사를 해서 실감나게 쓴 글이면 다 됩니다.

해답

94쪽 해답 ➔ 각자 자기 생각을 쓰고, 교사는 그 내용이 타당하다고 생각하면 옳은 방향이라고 칭찬해 주면 됩니다. 꼭 집어서 이야기할 수는 없지만 대화글과 실감나게 묘사했다는 표현이 나오면 가장 큰 것을 맞췄다고 할 수 있습니다.

2월의 주제 — 책읽기(독서 감상문 쓰기)

97~99쪽 해설

해설

학생 지도 방향

1. 여기서는 독서 감상문 쓰기에 대해서 공부하는 장입니다. 독서 감상문 쓰기를 할 때 어린이들이 어떤 내용을 써야 할지를 몰라서 책 내용만 베껴놓는 경우가 많습니다. 독서 감상문에서는 자기 생각과 느낌을 많이 쓴 게 좋은 글입니다. 처음에는 잘 쓰지 못하니 지도자들은 이를 염두에 두고 차근차근 단계별 지도를 통해 자기 생각과 느낌을 끌어낼 수 있게 지도해야 되겠습니다.

100~113쪽 해설

해설

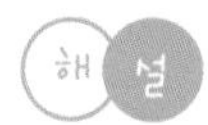

학생 지도 방향

1. 〈보기 글〉로 제시한 창작 동화 〈마지막 줄타기〉는 이 책을 쓴 저자이며 유명한 동화 작가인 이동렬 선생님이 심혈을 기울여 쓴 역작이고, 이 책을 편집한 편집자의 입장에서 살펴봐도 우리 것을 찾아 어린이들의 의식 속에 심어 주려는 작가의 곧은 마음이 글의 행간마다 짙게 배어 있는 작품입니다.
2. 그리고 문장이 어린이들이 쉽게 이해할 수 있는 쉬운 낱말로 구성되어 있고, 문법적으로 결함을 찾을 수 없을 만큼 정확성을 지니고 있습니다. 뿐만 아니라 이야기를 끌고 나가는 서술 문장과 대화 문장이 외국 동화를 번역한 것과는 달리, 우리의 정서와 토색성을 지니고 있을 만큼 어색한 부분이 없습니다.
3. 자라나는 어린이들의 글쓰기 워크 북 속에 이만한 수준의 창작 동화를 〈보기 글〉로 활용할 수 있다는 것은 다행히 이 책을 지은 저자가 글의 저자이기 때문에 도움을 받은 것입니다. 지도자 선생님들은 이 내용을 어린이들에게 여러 번 읽도록 한 뒤, 마음에 드는 문장과 큰따옴표 속에 들어 있는 대화 글의 높이는 말, 낱말을 받쳐 도와주는 조사, 말을 끝맺는 종결어미, 부호 사용하는 법, 물건의 수량이나 순서를 나타내는 양수사와 서수사의 사용법까지 그대로 흉내낼 수 있을 만큼 줄을 그어가며 읽도록 한 뒤, 내용의 흐름과 등장 인물들의 성격, 심리까지도 파악하게 해주십시오.

해답

106쪽 해답의 한 유형

1. ➔ 노인은 길게 난 수염을 아무렇게나 쓸며 손에 든 쥘부채를 펴서 땀을 식혔다. 손때가 묻고 땀에 절어 반들반들 윤이 나는 부채는, 펴고 보니 울긋불긋하고 화려했다.
   - ➔ 우리 신세에 이불 깔고 쉬려고 하느냐? 하늘을 지붕 삼고 땅을 베개 삼아 저 나무 밑에 누우면 되지. 저 나무 밑은 사방이 탁 트여 쉬기에는 안성맞춤인 것 같구나.
   - ➔ 우리 선생님은 줄 타는데 나라 안에서 제일가는 분이셔. 그런데 지금은 늙고 오갈 데가 없으시니까 이렇게 떠도는 것이지. 나는 그런 선생님을 만난 것을 영광으로 생각해.
   - ➔ 선생님은 우리 나라를 빼앗은 일본 놈들이 보기 싫어서 젊어서부터 줄만 타셨다는 거야. 줄을 타면서 자기의 한도 하늘에 활활 날려 보내고 압정에 찌든 국민들에게 웃음을 찾아 주셨다는 거야.
   - ➔ 그러니? 그러면 너의 선생이라는 분이 줄 타는 광대란 말이지?
   - ➔ 나는 광대들이 줄 타는 것을 말만 들었지 보지는 못했어. 이 밥 갖다드리고 기운 차리시라고 그래.
   - ➔ 그것도 기운이 있어야 타지. 내 한 몸 지탱하기도 힘든데 높은 줄 위에서 재주를 피울 수 있겠니?

   ➔ 내 고향은 함경도 개마고원 밑이란다. 젊었을 때 징병에 끌려가기 싫어서 고향 마을을 뛰쳐나와 줄타기를 배우면서부터 이날이때까지 떠돌이 생활이란다.

   ➔ 결혼은 밧줄과 이 부채하고 했지.

   ➔ 내 생활은 줄 타는 게 전부였거든. 줄 위에서 춤추며 노래하고 재주를 피우면서 박수를 받느라고

결혼 같은 것은 생각도 못했지. 며칠마다 다른 마을로 떠돌아다니는 생활이니, 결혼을 해서 살림을 할 수도 없었지만 말이다.

- 그럼 타야지. 타야 하고 말고. 내가 줄을 안 타면 누가 줄을 타겠니? 이제 나라 안에서 줄타기는 영영 없어지고 말게. 그러니까 내가 줄을 타고 너도 내 뒤를 이어 줄 타는 것을 배워야지.
- 자고 나서 내일 저 미루나무 사이에 밧줄을 매고 줄을 타야겠다.
- 나는 저 미루나무를 보는 순간 거기다가 줄을 매고 타야겠다고 생각하고는 여기서 쉬자고 했지. 오늘은 따뜻한 저녁도 먹었으니 내일은 멋지게 탈 수 있을 거다.
- 저 별들이 나를 지켜주면서 줄을 탈 수 있는 힘을 내려 줄 거야.
- 노인은 눈을 감고 옛날을 회상하는 듯하더니 미루나무를 타고 올랐다.
  줄 위에 서서 걸어 다니며 춤도 추고 노래도 불렀다. 또 높이 솟구쳤다가 내려앉으며 줄을 튕겨 그 반동으로 다시 그 줄 위에 사뿐히 섰다. 그리고는 부채를 펴서 흔들면서 재담을 하며 평생 익힌 재주를 다 부렸다.
- 노인은 더욱 신바람이 나서 더 높이 몸을 솟구쳤다가 밧줄에 걸터앉으며 밧줄을 튕기려고 했다.
- 낡은 밧줄이 끊어지면서 노인은 땅바닥으로 곤두박질치고 말았다.
- 하지만 떨어지는 순간 몸뚱이의 빈껍데기만 땅바닥으로 떨어졌지, 그의 영혼은 하늘나라로 긴 밧줄을 계속 타고 오르고 있었다.
- 남들은 천국을 날아서 갔지만 노인만은 밧줄을 타고 올라갔다. 평생 동안 쓰고 다니던 빈 몸뚱이는 미련 없이 아무렇게나 내팽개친 채.

2 . ➡ 자기 주위에서 그런 사람이 있으면 예를 들게 함.

3. ➡ 마을에 흘러든 것은 저녁 어스름이었다.

- 췰부채, 손때, 껄밤송이 머리에 땟국물이 꾀죄죄하게 흐르는 소년.
- 몸을 비칠거렸다.
- 하늘을 지붕 삼고 땅을 베개 삼아.
- 군살, 깡마른, 하늘을 쓸고 있었다.
- 길옆에는 찔레꽃이 하얗게 피어 있었다. 마치 흘러가는 흰 구름 덩어리가 찔레덤불에 뚝 떨어진 것 같았다. 줄타기, 주절주절, 광대.
- 서산에 걸렸던 해님이 산 너머로 숨고 붉은 놀만 물들었다. 연한 느티나무 잎새들이 바람에 나부꼈다.
- 죽은 송장, 계면쩍게, 거적, 눈 속으로 많은 별들이 들어와 박혔다.
- 하지만 떨어지는 순간 몸뚱이의 빈껍데기만 땅바닥으로 떨어졌지, 그의 영혼은 하늘나라로 긴 밧줄을 계속 타고 오르고 있었다.
- 남들은 천국을 모두 날아서 갔지만 노인만은 밧줄을 타고 올라갔다.

4. ➡ 줄 타는 노인과 소년.

5. ➡ 시골 마을 입구의 나무 밑, 저녁부터 이튿날 아침까지.

6. ➡ 껄밤송이 머리에 땟국물이 꾀죄죄하게 흐르는 소년,

- 소년은 얻어먹는 신세였지만 늘 웃는 모습이었다.

7. ➡ 줄 타는 게 생활의 전부라서.

8. ➔ 줄타기라는 우리 전통 문화를 이어가려고.
9. ➔ 징병에 끌려가기 싫어서 고향 마을 뛰쳐나와 줄타기를 배우면서부터.
10. ➔ 우리 전통 문화를 지키겠다는 정신이 투철해서.
11. ➔ 줄타기.
12. ➔ 슬펐을 거라는 쪽으로 이야기 하면 됨.
13. ➔ 우리 전통 문화고 평생 해온 일이기 때문에.
14. ➔ 밤공기가 쌀쌀하다, 찔레꽃.
15. ➔ 어느 누구보다 존경하고 있다.
16. ➔ 죽을 때까지 줄만 타고 싶고, 하늘나라에 가서도 줄을 타는 사람이 되고 싶다는 자기 뜻을 밝힘.
17. ➔ 각자 이야기 하게 함.
18. ➔ 자기 생각을 말하고 쓰게 함.
19. ➔ 하늘을 지붕 삼고 땅을 베개 삼아.
   ➔ 미루나무는 십여 미터 사이를 두고 높이 솟아 하늘을 쓸고 있었다.
   ➔ 마치 흘러가는 흰 구름 덩어리가 찔레덤불에 뚝 떨어진 것 같았다.
20. ➔ 각자 이야기하게 함.
21. ➔ 각자 이야기하게 함.
22. ➔ 자기 생각을 이야기하게 함.

112쪽 해답 ➔ 생략

113쪽 해답 ➔ 생략

114~118쪽 해설

학생 지도 방향

1. 독서 감상문의 내용은 이미 앞에서 살펴 본 〈토론 내용 간추리기〉에 다 나와 있습니다. 이 내용을 자신의 문장으로 조리 있게 표현하면 되는 것입니다.
2. 독서 감상문을 다 구성한 뒤 원고지에 옮겨 쓸 때는 첫장은 책 114쪽 내용을 그대로 옮기게 한 뒤, 두 번째 문단부터 자기가 쓴 독서 감상문을 잇게 해서 끝맺도록 지도해 주십시오.
3. 특히 〈마지막 줄타기〉에 나오는 문장들을 눈여겨 보면서 독서 감상문도 이에 걸맞게 정확하게 문장을 만들도록 지도해 주십시오.

115쪽 해답의 한 유형

우리 것을 지키려는 노인과 소년

— 〈마지막 줄타기〉를 읽고 —

OO 초등 학교

O학년 O반 이름

어제 엄마와 시장에 갔다가 서점에 들렀는데, O학년 2학기 교과서 읽기책에 나오는 제목과 똑같은 동화집이 있기에 사서 동생과 같이 읽게 되었다.

이 동화는 동화작가 이동렬 선생님이 지은 것으로, OOOO 출판사에서 펴냈다.

이야기 줄거리는 가족도 없이 평생 줄타기만 한 노인이 어느 마을 앞에 서 있는 두 미루나무 사이에다가 밧줄을 매고 마지막 줄타기를 하다가 떨어져 죽어서 혼만 하늘나라로 줄을 타고 간다. 그런데 그 노인 곁에는 줄 타는 것을 배우려고 깍듯이 모시고 다니던 거지 소년이 등장하여 노인의 죽음을 지킨다는 매우 슬픈 이야기로 우리 것을 지키려는 정신이 물씬 풍겨온다.

나는 이 이야기를 읽다가 노인이 결혼도 하지 않고 오직 줄타기에만 매달려 평생을 살았다는 것이 잘 이해가 되지 않았다. 자기가 좋아하는 일을 하다 보면 정말 그렇게 될까? 어쩌면 그 노인 마음이 이해될 것도 같으면서도 자꾸 고개가 저어진다.

그리고 노인을 할아버지처럼 따라다니면서 언젠가 줄 타는 것을 배우겠다고 마음먹었던 소년이 불쌍했다. 결국 줄타기를 배우지 못한 채 의지했던 노인의 죽음을 자기 눈으로 보았기 때문이다. 만약 내가 그 소년의 처지였다면 나는 그 자리에서 졸도하고 말았을 것이다. 거지소년이지만 참으로 마음이 넓고 여유가 있어 보인다. 이런 점은 나도 배우고 싶다.

이 동화에는 우리 나라의 토속적인 말이 많이 나오고, 노인이 줄타기를 하면서 사는 인생을 나타내 보여주는 문장들이 여러 곳 나와 좋다. 우리는 그런 말을 읽고 아름답거나 토속적인 분위기를 느낄 수 있는 우리말을 배울 수 있기 때문이다.

나는 이 노인처럼 가정을 버리거나 결혼을 하지 않고 평생 줄을 탈 수는 없을 것 같다. 그것은 내가 줄타기에 그만큼 미칠 수가 없을 것 같기 때문이다. 우리 전통 문화를 지키는 것도 중요하지만 나 자신을 그만큼 희생할 각오는 되지 않았다. 그래서 이 노인이 더 훌륭해 보이는 것이다.

노인이 줄 위에서 묘기를 부리는 장면을 읽고는 내 가슴이 조마조마했다. 간이 졸아든 느낌이었다.

이렇게 우리 것을 지키기 위해 자기를 희생하는 분들이 있어서 우리 전통 문화는 발전하고 대를 이어 가는 거 같다. 그런 분들을 위해서 박수를 보내고 싶다.

마지막 줄을 타다가 죽은 노인도 하늘나라에 가서 계속 자기가 좋아하는 줄만 타면서 천년만년 행복하게 지냈으면 한다. 소년도 다른 스승을 만나 줄타기의 재주꾼이 되었으면 한다.

나 또한 내가 좋아하는 것에 좀더 노력하는 사람이 되고 싶다. 그래서 그 방면에서 이름을 날리는 사람이 되겠다.

제5권 처음 시작한 날 : 년 월 일

( )월 학습 계획표

순위	월	일	요일	학 습 내 용	확 인
1					수 우 미
2					수 우 미
3					수 우 미
4					수 우 미
5					수 우 미
6					수 우 미
7					수 우 미
8					수 우 미
9					수 우 미
10					수 우 미
11					수 우 미
12					수 우 미
13					수 우 미
14					수 우 미
15					수 우 미

※ 확인란 표기법 : (수) 혼자서 했음 (우) 엄마랑 함께 했음 (미) 기타 사정으로 못했음

순위	월	일	요일	학 습 내 용	확 인
16					수 우 미
17					수 우 미
18					수 우 미
19					수 우 미
20					수 우 미
21					수 우 미
22					수 우 미
23					수 우 미
24					수 우 미
25					수 우 미
26					수 우 미
27					수 우 미
28					수 우 미
29					수 우 미
30					수 우 미
31					수 우 미

※ 확인란 표기법 : (수) 혼자서 했음 (우) 엄마랑 함께 했음 (미) 기타 사정으로 못했음

(　　　　　)월 학습 계획표

순위	월	일	요일	학 습 내 용	확 인
1					수 우 미
2					수 우 미
3					수 우 미
4					수 우 미
5					수 우 미
6					수 우 미
7					수 우 미
8					수 우 미
9					수 우 미
10					수 우 미
11					수 우 미
12					수 우 미
13					수 우 미
14					수 우 미
15					수 우 미

※ 확인란 표기법 : (수) 혼자서 했음　(우) 엄마랑 함께 했음　(미) 기타 사정으로 못했음

순위	월	일	요일	학 습 내 용	확 인
16					수 우 미
17					수 우 미
18					수 우 미
19					수 우 미
20					수 우 미
21					수 우 미
22					수 우 미
23					수 우 미
24					수 우 미
25					수 우 미
26					수 우 미
27					수 우 미
28					수 우 미
29					수 우 미
30					수 우 미
31					수 우 미

※ 확인란 표기법 : (수) 혼자서 했음 (우) 엄마랑 함께 했음 (미) 기타 사정으로 못했음

(　　　　)월 학습 계획표

순위	월	일	요일	학 습 내 용	확 인
1					수 우 미
2					수 우 미
3					수 우 미
4					수 우 미
5					수 우 미
6					수 우 미
7					수 우 미
8					수 우 미
9					수 우 미
10					수 우 미
11					수 우 미
12					수 우 미
13					수 우 미
14					수 우 미
15					수 우 미

※ 확인란 표기법 : (수) 혼자서 했음　(우) 엄마랑 함께 했음　(미) 기타 사정으로 못했음

순위	월	일	요일	학 습 내 용	확 인
16					수 우 미
17					수 우 미
18					수 우 미
19					수 우 미
20					수 우 미
21					수 우 미
22					수 우 미
23					수 우 미
24					수 우 미
25					수 우 미
26					수 우 미
27					수 우 미
28					수 우 미
29					수 우 미
30					수 우 미
31					수 우 미

※ 확인란 표기법 : (수) 혼자서 했음 (우) 엄마랑 함께 했음 (미) 기타 사정으로 못했음

(   )월 학습 계획표

순위	월	일	요일	학 습 내 용	확 인
1					수 우 미
2					수 우 미
3					수 우 미
4					수 우 미
5					수 우 미
6					수 우 미
7					수 우 미
8					수 우 미
9					수 우 미
10					수 우 미
11					수 우 미
12					수 우 미
13					수 우 미
14					수 우 미
15					수 우 미

※ 확인란 표기법 : (수) 혼자서 했음 (우) 엄마랑 함께 했음 (미) 기타 사정으로 못했음

순위	월	일	요일	학 습 내 용	확 인
16					수 우 미
17					수 우 미
18					수 우 미
19					수 우 미
20					수 우 미
21					수 우 미
22					수 우 미
23					수 우 미
24					수 우 미
25					수 우 미
26					수 우 미
27					수 우 미
28					수 우 미
29					수 우 미
30					수 우 미
31					수 우 미

※ 확인란 표기법 : (수) 혼자서 했음 (우) 엄마랑 함께 했음 (미) 기타 사정으로 못했음

논리적 추리력과 상상력이 담긴 어린이의 글 한 편이 상급학교 진학과 장래를 결정합니다.

신바람 글쓰기는 논술의 기초를 확실하게 다지는 초등 학생 글쓰기 실기 훈련 프로그램입니다. 총 6권으로 구성된 이 실기 훈련 프로그램은 초등 학교 쓰기 책 12권과 새로 추가된 논술 학습 과정에 맞추어 어린이의 논리적 상상력과 언어적 표현력 향상에 최우선 목표를 두고 있습니다. 이 글 쓰기 실기 훈련 프로그램으로 논술의 기초를 다지면 상급 학교 진학과 대학 입학 논술 시험은 물론 어른이 된 후에도 논리적 사고력과 상상력이 담긴 글과 말을 자신감 있게 구사하며 평생을 전문가로 살아 갈 수 있습니다.

신바람 글쓰기 단계별 주요 학습 과목

제1권 - 글쓰기 기초 공부	제2권 - 운문과 산문쓰기
글쓰기 기초 공부 문장만들기 원고지쓰기(초급) 일기쓰기	생활문쓰기(초급) 동시쓰기(초급) 편지쓰기 독서 감상문 쓰기(초급)
제3권 - 논설문 기초 공부	**제4권 - 설명문과 논설문쓰기**
글쓰기와 논술의 기초 원고지쓰기(중급) 동시쓰기(중급 ● 기초편) 논설문쓰기(중급 ● 기초편) 기행문쓰기(초급)	동시쓰기(중급 ● 완성편) 생활문쓰기(중급) 설명문쓰기(초급) 논설문쓰기(중급 ● 완성편) 독서 감상문 쓰기(중급)
제5권 - 생활문과 독서 감상문 쓰기	**제6권 - 마인드 맵으로 논설문쓰기**
글쓰기의 순서와 방법 생활문쓰기(고급) 동시쓰기(고급) 독서 감상문 쓰기(고급)	기행문쓰기(고급) 기록문 · 보고문 쓰기 설명문쓰기(고급) 논설문쓰기(고급) 마인드 맵으로 논설문 쓰기

값 8,500원

9 788990 469106
ISBN 89-90469-10-4
ISBN 89-90469-06-6(전6권)

그래그래(Geurae Geurae)는 호기심 많은 어린이들의 탐구적 의미의 질문에 어머니나 어른들이 응답하는 소리말(그래그래, 알았다, 그렇게 하자)에서 나온 순수한 우리말로, 현대적 의미는 "동조 또는 화합해서 새로운 가치의 세계로 전진한다"는 이미지로 사용되고 있습니다.

신바람 글쓰기 논술의 기초를 확실히 다지는 초등 학생 글쓰기 실기 훈련 프로그램입니다.

논술 준비를 위한

• 1판 1쇄 인쇄한 날 | 2006년 6월 12일
• 1판 1쇄 펴낸 날 | 2006년 6월 15일
• 지은이 | 이경자 · 이동렬 함께 지음
• 그린이 | 조희정
• 펴낸이 | 김송희
• 펴낸곳 | 도서 출판 그래그래
주소 405-815 / 인천광역시 남동구 간석3동 919-4호
전화 (032)463-8355(대표)
팩스 (032)463-8339(전용)
홈페이지 http://www.Jaryoweon.co.kr
이메일 Jrw92@Jaryoweon.co.kr
• 출판 등록 | 2002년 11월 20일 제353-2004-000011호
• 본문 기획 · 편집 · 디자인 | 서동익
• 표지 디자인 | 강영미
• 컴퓨터그래픽 · 일러스트레이팅 | JMG Photoshop & illustrating

ISBN 89 - 90469 - 10 - 4 63810
ISBN 89 - 90469 - 06 - 6 (전6권)

※잘못된 책은 바꾸어 드립니다.